E S P A S A
J U V E N I L

Anastasia elige profesión

LOIS LOWRY

Traducción de
Salustiano Maso

93

ESPASA

ESPASA JUVENIL

Director Editorial: Juan González Álvaro
Editora: Nuria Esteban Sánchez
Diseño de Colección: Juan Pablo Rada
Ilustración de cubierta: Juan Ramón Alonso
Ilustraciones de interior: Gerardo Amechazurra
Realización de cubierta: Ángel Sanz Martín

———

© Espasa Calpe, S. A.
© Lois Lowry, 1987
© De la traducción: Salustiano Maso
Editor original: Houghton Miffin Company, Boston
Título original: *Anastasia's Chosen Career*

———

Primera edición: agosto, 1990
Tercera edición: diciembre, 1998

———

Depósito legal: M. 45.493-1998
I.S.B.N.: 84-239-9066-4

Impreso en España/Printed in Spain
Impresión: Huertas, S. A.

Editorial Espasa Calpe, S. A.
Carretera de Irún, km 12,200. 28049 Madrid

Lois Lowry, *la autora, vive en Boston, donde trabaja como periodista, fotógrafa y escritora. Ha publicado muchos libros para jóvenes lectores que le han hecho merecer, en Estados Unidos y en los países donde se han traducido, elogios de la crítica y varios premios, entre ellos la medalla Newbery por la novela* ¿Quién cuenta las estrellas? *(EJ 20). En esta colección también se han publicado:* Anastasia tiene problemas *(EJ 48),* Anastasia de nuevo *(EJ 77) y* Anastasia Krupnik *(AJ 79).*

* * *

Este libro y todos los de la misma serie son obras de ficción. Me los he inventado yo. Me he inventado sus personajes. Me he inventado sus nombres. Palabra de honor.

Hecha tal salvedad, quiero dedicar éste a varios desconocidos:

Al doctor M. Krupnick, de la Universidad de Chicago, que me escribió en 1981.

A su esposa, Kathryn Krupnick.

Al reverendísimo Robert Giannini, deán de la Iglesia Catedral de St. Peter, St. Petersburg (Florida), que me escribió en 1985.

Y a un sinnúmero de Anastasias.

Índice

1

TODO el mundo esquía menos yo —proclamó Anastasia mientras se servía otra porción de postre. Era helado de manzana, uno de sus predilectos.

—Yo no esquío —dijo su hermano Sam, con la boca llena.

—Bueno, tú sólo tienes tres años —indicó Anastasia—. Todos los demás esquían.

La señora Krupnik, madre de Anastasia, se limpió la boca con una servilleta de papel.

—La señora Fosburgh, la vecina de la acera de enfrente, no esquía —comentó.

—La señora Fosburgh lleva treinta y cuatro años en silla de ruedas —dijo Anastasia—. Todos los demás esquían.

El padre de Anastasia levantó la vista del plato.

—Acabo de leer un artículo sobre las tribus que

viven en el desierto de Kalahari, en África. No dice nada de que esa gente esquíe.

Anastasia dirigió una mirada de asco a su familia entera. No era fácil, porque significaba tener que sostener la mirada a su madre y después a su padre.

—Quería decir —insistió al cabo de un momento, una vez concluida su mirada de asco— que tengo la impresión de que en mi clase esquían todos. Todos los de séptimo. Las vacaciones de invierno comienzan la semana que viene, y todas mis amigas se largan. Todas van a esquiar.

—No me digas —le atajó el padre—. ¿Todas? ¿Van todas juntas? ¿Por qué no nos han invitado a nosotros? —alargó el brazo y se sirvió un poco más helado de manzana.

—No —dijo Anastasia, enfurruñada—. Todas juntas, no. Daphne va con su abuela. La abuela de Daphne la lleva a Austria a esquiar. ¿Os lo imagináis? ¿La abuela de Daphne esquiando? ¡Si es una anciana!

—Bueno —dijo la señora Krupnik—, también es extraordinariamente rica. Algunas personas extraordinariamente ricas parece que son capaces de hacer cosas extraordinariamente asombrosas.

—¿Y Meredith? —prosiguió Anastasia—. La familia de Meredith no es rica. Pero no pasa un solo invierno sin que vayan a New Hampshire a esquiar. Tienen de esos trajes de esquí especiales y todo. El de Meredith es azul —Anastasia suspiró, pensando en el traje de esquí azul que le había enseñado Meredith Halberg—. Tiene copos de nieve bordados en las mangas.

—Apuesto cualquier cosa a que yo sabría hacer un jersey con copos de nieve en las mangas —dijo la señora Krupnik—. ¿Recuerdas el que hice para Sam el invierno pasado, con una vaca bordada en el pecho? ¿Qué ha pasado con ese jersey, Sam? No lo habrás perdido, ¿verdad?

Negó Sam con la cabeza.

—Está debajo de mi cama —dijo.

—¿Te gustaría que te hiciese un jersey con copos de nieve en las mangas, Anastasia?

—No —dijo categóricamente Anastasia, y luego añadió—: Gracias, de todos modos.

Myron Krupnik se sirvió una tercera porción de helado de manzana.

—¿Y Steve Harvey? —preguntó.

—Steve Harvey —suspiró Anastasia— va con su padre a Colorado, porque su padre es locutor deportivo de la NBC y tiene que retransmitir algunas carreras de esquí del campeonato del mundo. Eso sí que es suerte. ¡Lo que daría por que fueses locutor deportivo, papá!

Su padre se echó a reír.

—Me conformo con ser catedrático y poeta. No sé distinguir un portero de fútbol de un portero automático. De todos modos, aunque supiera, jamás podría ser locutor deportivo por la artritis que tengo en el cuello y los hombros.

Anastasia le miró perpleja.

—¿Y qué? ¿Eso qué importa? Para nada te impediría posar y mirar a la cámara. Y te echarían polvos en la calva para que no reluciese. Puede que hasta te regalaran una peluca si fueras locutor deportivo.

—Mi cuello no gira. Trata de imaginarme intentando retransmitir un partido de tenis.

13

Anastasia se representó un partido de tenis y comprendió que su padre tenía razón. Para retransmitir un partido de tenis había que tener un cuello que girara a la perfección, por supuesto. Vaya suerte la suya, tener un padre con el cuello anquilosado y una profesión tan aburrida.

La señora Krupnik se levantó y empezó a recoger los platos de postre.

—¿Has terminado, Myron, o vas a lamer el plato?

El doctor Krupnik sonrió divertido y rebañó de su plato los últimos e invisibles restos de helado de manzana. Luego alargó a su esposa el plato vacío.

Sam se había bajado de su silla y se había quitado los zapatos. Así, en calcetines, echó a correr de pronto por el comedor hasta donde terminaba la alfombra, y desde allí se deslizó patinando por el suelo de madera encerada hasta salir al vestíbulo. Anastasia y sus padres oyeron el estrépito que ocasionó Sam al chocar como un bólido contra la pared y caer sobre una mesita en la que se amontonaban varios libros. Oyeron el golpe de los libros en el suelo.

Poco después regresó Sam al comedor frotándose el trasero.

—Estaba esquiando —explicó—. Pero no es tan divertido como creía.

Cuando acabó en la televisión el programa de Cosby, Anastasia subió remisamente la escalera hasta su dormitorio, en el tercer piso. Se preguntó si la familia de Bill Cosby iría a esquiar, y decidió que probablemente sí que iría. Era un aburrimiento, desde luego, vivir en una familia que jamás hacía nada real-

mente interesante, sobre todo durante las vacaciones. A veces iban al Acuario New England. ¡Vaya cosa! Pingüinos y tortugas. Otras, iban al Museo de Ciencias. ¡Vaya cosa! Exposiciones sobre la erosión y la gravedad, dos de las cosas más aburridas del mundo. En otras ocasiones visitaban el Museo de Bellas Artes. ¡También era buena! Cuadros y estatuas de gente en cueros, por lo general con sus partes más interesantes desportilladas o desprendidas.

Ya en su cuarto, lo primero que hizo Anastasia fue lo que hacía casi todas las noches. Se sentó delante del espejo y se miró en él. Se recogió el pelo con una mano e intentó componérselo de diversas maneras. Primero se lo recogió en un moño grande encima de la cabeza. Luego se lo echó totalmente para un lado, dejándolo caer junto a la oreja izquierda. A continuación lo separó por la mitad y se lo echó a ambos lados de la cabeza en dos colas de caballo. Después de cada prueba suspiraba, contemplando su imagen, y se soltaba de nuevo el pelo, que volvía a su posición habitual: una abundante mata de pelo que le llegaba hasta los hombros.

Se bajó las gafas un poco más sobre la nariz y frunció los labios en un gesto severo y refinado. Se miró en el espejo y decidió que tenía el aspecto de una maestra de escuela del siglo XIX. Luego volvió a subirse las gafas a su sitio y ensayó una amplia sonrisa que dejaba ver bien sus dos hileras de dientes. Se volvió de lado, echó hacia atrás la cabeza y se miró con el rabillo de los ojos. Adelantó el hombro, volvió el cuello —su cuello sí que giraba, por lo menos— y metió para dentro las mejillas, aunque eso significaba que no podría sonreír. Se echó un poco de pelo sobre la cara y tiró del cuello del chándal hasta dejarse un hombro al descubierto. Ahí estaba. Mantuvo por un momento esa postura, su predilecta. Le encantaba: altiva, desaliñada, despreocupada, flagrante. Anastasia se entusiasmaba con esa idea de ser flagrante, aun cuando no estaba muy segura del significado de la palabra.

Se levantó y se acercó hasta la cama deshecha sobre la que estaban desparramados sus libros de texto. Hojeó su libro de historia, echó un vistazo a su ejercicio para casa y decidió que había hecho bastante, aunque sólo tenía contestadas diez preguntas de las doce que eran. Ya contestaría las otras dos en la sala de estudio antes de la clase de historia.

Anastasia se tumbó en la cama, buscando una postura en la que el pico de su cuaderno no se le clavara en la espalda, y se puso a pensar en la semana de vacaciones que se avecinaba. No tenía absolutamente nada que hacer durante las vacaciones, salvo trabajar en su proyecto escolar: un ejercicio titulado «Mi profesión».

Fantástico. ¿Cómo se puede escribir sobre «Mi profesión» cuando no se ha elegido profesión todavía? Peor aún: se esperaba que todos los de séptimo entrevistaran a una persona que estuviese ya ejerciendo la profesión que cada cual hubiera elegido. Meredith iba a hacer trampa; pensaba entrevistar al dueño del albergue para esquiadores donde se alojaba siempre su familia. Luego pretendería que, de mayor, quería ser propietaria de un albergue para esquiadores.

Steve Harvey iba a entrevistar a su propio padre... ¡Por los clavos de Cristo! ¡Así, cualquiera!

Daphne había entrevistado ya al tipo para el que

17

trabajaba su madre, y ahora todo se le volvía decir que quería ser jurista. Vaya embolado. Todo el mundo sabía que Daphne de mayor quería ser actriz. Pero Anastasia comprendía muy bien el problema de Daphne; Daphne había escrito cartas a Katherine Hepburn, Elizabeth Taylor y Joanne Woodward solicitándoles entrevistas. Todo lo que consiguió fueron fotos con autógrafos, y los autógrafos ni siquiera eran auténticos: si te mojabas el dedo en saliva e intentabas emborronarlos, no se emborronaban en absoluto.

La verdad es que no era enteramente cierto que todo el mundo fuese a esquiar. Daphne iba a Austria con su abuela: eso sí era verdad. Volaban al día siguiente desde Boston, y Daphne se perdía con ello un día entero de clase. La familia de Meredith iba realmente a New Hampshire, como siempre. Y Steve Harvey salía el domingo para Colorado con su padre.

Pero Sonya Isaacson —una de las mejores amigas de Anastasia— se quedaba. La familia Isaacson no practicaba el esquí, tal vez porque todos eran más bien rollizos, creía Anastasia; eso tal vez dificultaba el esquiar.

Anastasia no era una persona rolliza en absoluto. «Yo soy delgada —pensó, y levantó un brazo para mirárselo, esperando encontrarlo grácil y esbelto—. Grácil y esbelto... ¡naranjas de la China! Soy huesuda. Flaca y huesuda. Alta... ¡y flaca y huesuda! Y tengo el pelo basto. Y un tipo asqueroso. Soy corta de vista. Tengo una marca de varicela en la frente. ¡Y mi nariz es que no la puedo ni ver!»

«Aunque mis padres me compraran un traje de esquí azul pálido y me llevaran a New Hampshire

18

—no, me llevarán a Austria—, aún seguiría siendo yo —pensó Anastasia—. Seguiría siendo esta monstruosidad de persona, alta, flaca y huesuda, de pelo basto, y hombros hundidos, corta de vista y narizotas.»

Se representó a un instructor de esquí, jovial, atezado, rubio... Llamado... ¿cómo? Hans. Se llamaría Hans. Llevaría gafas protectoras echadas hacia arriba sobre el pelo rubio, y suéter negro de cuello alto, decidió Anastasia. El pantalón de esquí le quedaría ajustado, y ella podría apreciar la curvatura de los músculos en sus largas y delgadas piernas de instructor de esquí. Sus dientes perfectos y blancos resplandecerían al sol austriaco, y al verla le dirigiría una sonrisa blanca, blanca, blanca, todo resplandor. Y con voz grave, masculina, de instructor de esquí, diría...

Anastasia dio un ruidoso suspiro. Sabía exactamente lo que diría. Y lo diría con su acento austriaco, sexy, un acento de instructor de esquí, que empeoraría aún más las cosas.

«Señorrita —diría—, tendrá que marcharr imediatamente de este montaña. No permitimos gente huesuda, flaca, corrta de vista y narrizota venirr a esquiarr en nuestras pistas. Vuelva a Boston y mejórrese.»

Anastasia se enderezó en su asiento. Aquello acababa de resolverle el problema. Una mera fantasía había resuelto la cuestión: tomar una decisión por ella.

—Gracias, Hans —dijo—. Me has obligado a enfrentarme a la realidad.

Alargó el brazo hacia el cajón de la mesa que estaba junto a la cama. Encima de esta mesa, en su pecera, su pez dorado la miraba con ojos atónitos.

—No me jorobes, *Frank* —dijo Anastasia a su pez—. Por lo que más quieras, no me jorobes.

Abrió el cajón y sacó el prospecto que tenía allí guardado desde hacía varios meses... desde el día mismo en que apareció bajo el limpiaparabrisas del coche de su padre cuando salían del Paris Cinema de ver una película de Woody Allen.

Con el prospecto en la mano, abrió la puerta de su cuarto y bajó por las escaleras llamando a voces:

—¡Mamá! ¡Papá!

Ni una sola palabra de respuesta. Allá abajo, en el primer piso, Anastasia podía oír la televisión. Estaban viendo *Canción triste de Hill Street*, su programa favorito.

Anastasia bajó hasta el segundo piso, pasó de puntillas ante la puerta de la alcoba donde dormía Sam, e inició luego el descenso hacia el primer piso, deteniéndose a mitad de la escalera. Se sentó en un escalón, apretó la cara contra la barandilla y llamó fuerte para que la oyeran en el despacho:

—¡Mamá! ¡Papá!

Salió su madre al vestíbulo y alzó la vista hacia ella.

—¿Qué? —inquirió.

—Mamá —dijo Anastasia—, me prometiste que papá y tú hablaríais sobre lo que te pedí, ir a Boston yo sola en el autobús durante las vacaciones. ¿Lo habéis hablado ya? ¿Habéis decidido algo?

De la televisión llegaba ruido de disparos. La señora Krupnik estaba allí, pero Anastasia se percataba muy bien de que su madre ni siquiera había oído su pregunta. Su madre tenía el oído puesto en la televisión. Ése era el apoyo que prestaban los padres.

—Para seguir aquel curso, mamá, ¿recuerdas?

—¡Katherine! —llamó apremiantemente el doctor Krupnik—. ¡Han tomado como rehén a Bobby Hill!

—Sigue viendo la tele, mamá —dijo Anastasia con un suspiro—. Ya lo trataré con vosotros en el desayuno.

De vuelta hacia el tercer piso, ya para acostarse, Anastasia leyó el prospecto una vez más. Hacía semanas que se lo sabía de memoria, pero aún leía las palabras una y otra vez.

—*Frank* —dijo.

Fijó la mirada en su pececillo dorado. *Frank* abrió y cerró la boca varias veces, muy despacio. «Si *Frank* supiera hablar —pensó Anastasia—, no diría más que: ¡Oh, oh, oh!»

—*Frank* —le dijo Anastasia—, si mis padres me dejaran ir a Boston, yo sola, en el autobús, durante las vacaciones de la semana que viene…

Frank agitó brevemente su cola translúcida y ejecutó una lánguida pirueta por el agua.

—Y más valdrá que me dejen, porque ya soy bastante mayor… Tengo trece años, a fin de cuentas… Bueno, entonces sí que no me van a resultar aburridas las vacaciones. ¡Porque voy a hacer una cosa absolutamente increíble! Y educativa, además. Y a prepararme para la profesión que tengo que elegir: ¿qué me dices a eso, *Frank*?

Frank miró a Anastasia y movió la boca de nuevo. «¡Oh, oh, oh!», dijo silenciosamente, como si supiera algo, tal vez, que ella no sabía. Anastasia suspiró, abrió su cuaderno y empezó a trabajar en su proyecto escolar.

Anastasia Krupnik

MI PROFESIÓN

Después de pensar mucho y muy a fondo en mi porvenir, he elegido una profesión que va a ser emocionante, atrayente y...

2

LA señora Krupnik movió la cabeza con visible recelo. Llevaba el pelo recogido en la nuca con un cordón amarillo y envuelto el cuerpo en su albornoz de cuadros.

—No sé, Anastasia. Lo hemos hablado papá y yo y no estamos totalmente de acuerdo. A mí me parece arriesgado, la verdad. Sam, deja ya de jugar con los huevos revueltos. Cómetelos, hazme el favor.

—Estoy haciendo una montaña —dijo Sam, y amontonó con el tenedor una porción más de huevos revueltos encima del montículo que ya tenía formado en su plato—. Cuando esté hecha, mi tenedor la bajará esquiando. Después me la comeré.

La señora Krupnik miró su reloj.

—Sam, el autobús de tu guardería estará aquí dentro de diez minutos. Piensa en todas las cosas interesantes que vas a hacer allí esta mañana. Tómate el desayuno.

Sam alargó el brazo hasta el azucarero con mucho cuidado, cogió una cucharada colmada de azúcar y la espolvoreó por lo alto de su montículo de huevos revueltos.

—Nieve —dijo, alborozado—. Nieve para esquiar en mi montaña.

Anastasia llevó su plato vacío al fregadero de la cocina.

—Mamá —dijo—. Tengo trece años. Soy prácticamente adulta. ¿Qué peligro puede haber en que una persona prácticamente adulta vaya sola a Boston en el autobús en pleno día?

La señora Krupnik frunció el entrecejo y tomó un sorbo de café.

—No hago más que acordarme de lo que dice ese individuo al comienzo de *Canción triste de Hill Street.* Asigna a cada cual su cometido y luego adopta un gesto muy solemne y dice... —tomó otro sorbo de café—. Myron, ¿qué es lo que dice cuando los manda salir a todos después de haber pasado lista?

El doctor Krupnik levantó la vista del periódico.

—«Eh, muchachos» —remedó con voz muy seria—. «Y tengan mucho cuidado ahí fuera.»

—Exacto —la señora Krupnik tomó una rebanada de pan tostado y empezó a untarla con mermelada de frambuesa—. En las grandes ciudades hay crimen y violencia de todas clases, Anastasia —volvió la vista hacia Sam—. ¡Sam! ¡Basta ya!

Sam estaba derramando más y más azúcar sobre su montaña de huevo.

24

—Ventisca —dijo con arrobo.

Anastasia se esforzaba con toda su alma por ser paciente y razonable, porque sabía que si se enzarzaba en una disputa llevaría las de perder.

—Mamá —dijo—, y papá. Yo soy una persona de lo más prudente. He estado en Boston un millón de veces; con vosotros, claro. Conozco bien las calles. Jamás hablo con desconocidos. El autobús me deja en la esquina misma de Tremont Street y sólo tengo que recorrer a pie dos manzanas. Sería en pleno día. Han dicho en las noticias que, en el municipio de Boston, el alcalde ha asestado un golpe mortal a los traficantes de droga...

—¿A los qué? —preguntó la señora Krupnik con voz asombrada.

¡Vaya! Eso había sido una metedura de pata, mencionar a los traficantes de droga, comprendió Anastasia. Los padres querrían creer que los adolescentes de trece años no tenían noticia alguna sobre traficantes de drogas.

—Bueno —se apresuró a decir Anastasia—. Me refería al verano pasado, que hubo un pequeño problema de delincuencia en la ciudad. Pero ahora el alcalde ya lo ha solucionado. Y ya sabéis —prosiguió astutamente, cambiando un poco de táctica—, tengo ese proyecto escolar tan importante por desarrollar. De modo que esto me deparará una oportunidad para hacer la investigación.

—¿Investigación? —inquirió su padre, alzando la vista del periódico con interés—. ¿Para la escuela? —no había nada que agradara más a su padre que la idea de uno de sus hijos haciendo investigación para la escuela.

La señora Krupnik volvió a mirar su reloj. Se levantó y fue a coger la chaqueta de invierno de Sam, que estaba colgada en una percha junto a la puerta trasera.

—Sam —dijo—, ya sólo te quedan unos tres minutos para que pasen a recogerte.

Sam introdujo el tenedor en la cima de su montaña de azúcar y huevos, lo retiró bien colmado y se lo metió en la boca. Puso una cara terrible.

—No me gustan los huevos —dijo.

La señora Krupnik suspiró.

—Toma, Sam —dijo, y le alargó la media rebanada de pan tostado que le quedaba—. Cómete esto —ayudó a Sam a ponerse la chaqueta, le encasquetó un gorro de lana sobre los rizos y le metió las manoplas en el bolsillo—. Ahí está ya la señora Harrington, tocando el claxon. Adiós. Hasta mediodía —cerró la puerta, no bien hubo salido Sam, y, desde la ventana, le vieron todos subir al asiento trasero del autobús de la guardería.

—A mí ya sólo me quedan diez minutos para irme —dijo Anastasia—. Por favor, mamá. Por favor, papá. De verdad que necesito hacer esto. Y tengo que llamar por teléfono esta misma tarde.

—Anastasia, es tanto dinero... —dijo su madre—. Tu padre y yo esperábamos que después de tu trabajo de este verano, después de depositar todo ese dinero en el banco, desarrollarías cierto sentido de responsabilidad económica... Ya me entiendes, mirar por el día de mañana.

Anastasia seguía esforzándose por mostrarse paciente.

—Mamá, os dije que eso sería como preparación para una profesión. Que sería pedagógico.

—Está bien —concluyó la señora Krupnik—. Myron, ¿qué te parece a ti?

—Me gusta la idea de la investigación escolar —dijo el doctor Krupnik—. Bien querría yo que mis alumnos hiciesen investigación durante las vacaciones. ¿Qué clase de investigación vas a hacer tú?

—Sobre mi profesión —le recordó Anastasia.

A su padre se le iluminó el rostro.

—Es verdad —dijo—. Olvidaba que te habían asignado ese tema. Pensabas en «propietaria de una librería», ¿no? Me parece una idea estupenda.

—En realidad —dijo Anastasia a su padre—, he cambiado algo de idea en lo de «propietaria de librería». Ahora, puesto que voy a seguir este curso, pienso más en consonancia con...

Pero su padre estaba ya echando mano de la guía telefónica.

—Voy a comprobar la dirección —dijo—. Hay en Beacon Hill una librería pequeña, magnífica, y tuve ocasión de conocer a la dueña cuando salió mi último libro de poesía. Sirvió un vino y unos pinchos de queso allí mismo en la tienda, el día de la firma de ejemplares.

—Papá —dijo Anastasia—, he pensado que...

—Sólo tres personas compraron el libro, en realidad —murmuró él entre dientes—. Estuvieron allí cuarenta y siete, y los cuarenta y siete bebieron vino y comieron queso, pero sólo tres compraron el libro. Con todo, ella se portó admirablemente.

—Myron —dijo la señora Krupnik—, podría entrevistar a un librero aquí mismo en la barriada. Para eso no tiene que irse hasta el centro.

—Aquí está —dijo el doctor Krupnik, señalando con el dedo en una de las páginas amarillas—. Mount Vernon Street. Esa es una parte de la ciudad tranquila y sin peligro, siempre que vaya de día.

—Myron —insistió la señora Krupnik—, podría bajar ahí mismo a la vuelta de la esquina. Ahí mismo tiene una librería de la cadena Waldenbooks.

—Mamá —indicó Anastasia—, hay un millón de librerías Waldenbooks en todo el país. El señor Walden vivirá probablemente en Nueva York o algún sitio así. Y lo que yo necesito es un propietario de librería, si voy a hacer lo de «propietaria de librería» para «Mi profesión».

—Claro —dijo la señora Krupnik—, tienes razón.

—De todos modos —prosiguió Anastasia—, lo que quiero hacer en Boston en realidad es lo otro. ¡Sería tan útil para mejorar la personalidad! —exclamó Anastasia—. Y yo necesito mejorar mi personalidad. Aun cuando hubiera de ser mera propietaria de librería, necesitaría mejorar la personalidad.

El doctor Krupnik estaba ya marcando en el teléfono.

—Espero que se acuerde de mí —dijo—. ¿Creéis que una librera se acordará de un autor de cuyo libro sólo se vendieron tres ejemplares?

Pero la librera se acordaba. Se acordaba de él, y dijo que accedía con mucho gusto a ser entrevistada por Anastasia.

—A mediodía —susurró Anastasia a su padre mientras aún estaba al teléfono—. A la hora del almuerzo. Porque voy a hacer eso otro también.

—Aquí tienes —dijo su padre después de colgar, y entregó un papel a Anastasia—. Su nombre y la dirección del establecimiento. Te recibirá el lunes a las doce y cuarto. Dice que puedes tomar un emparedado con ella, en la misma tienda, mientras haces la entrevista.

Anastasia miró el papel.

—Así que al fin voy a ser «propietaria de librería» —dijo.

—Exactamente —le confirmó su padre, con una amplia sonrisa—. Y organizarás firmas de libros para poetas, con vino y queso. Para tu padre, por ejemplo.

—Bueno, si prometo hacer eso... y prometo vender más de tres ejemplares... ¿puedo hacer lo otro, por favor?

—Sí, por qué no —dijo su padre—. Al menos te mantendrá ocupada durante las vacaciones. A mí me parece una iniciativa inocua. Katherine, ¿qué opinas tú?

—Bueno —dijo dubitativamente la señora Krupnik—. Vale.

Anastasia dio un brinco y los abrazó a los dos, uno tras otro.

—¡Gracias! —exclamó—. ¡Qué padres tan magníficos tengo! ¡Mejores que los de nadie! ¿Sabéis lo que han respondido los padres de Sonya a la pregunta de si podía hacerlo ella? Han dicho que era increíblemente plebeyo, y vulgar, y repulsivo, y caro, y absolutamente ridículo. ¿Qué sabrán ellos, no?

—¿De verdad que te dejan hacerlo? —Sonya mantenía el cuaderno grande delante de la cara, a fin de que el señor Earnshaw no advirtiera que hablaba en

29

voz baja. Estaban en la sala de estudio—. ¿De verdad de la buena?

Anastasia, oculto también el rostro tras de su cuaderno, afirmó con la cabeza.

—Voy a telefonear esta tarde.

—¿Cómo lo vas a pagar? ¡Cuesta un disparate! —Sonya miró con disimulo hacia la parte anterior de la sala, pero el señor Earnshaw estaba ocupado en su escritorio, corrigiendo ejercicios.

—Con dinero de mi cartilla de ahorro. Tengo lo que gané este verano... ¿recuerdas que trabajé para la abuela de Daphne? Y también tengo lo que mis tíos y tías me mandan todos los años por mi cumpleaños; mis padres siempre me hacen ingresarlo en el banco. Conque tengo trescientos dólares en la cartilla. Y esto sólo cuesta ciento diecinueve. Shhhhhh.

Anastasia bajó la cabeza y fingió que leía en su libro de historia. El señor Earnshaw se había levantado y se había puesto a pasear por la sala.

Una vez que hubo pasado junto a su pupitre y observado la diligencia con que aquella alumna leía la descripción de la Batalla de Bull Run, Anastasia desdobló el prospecto y lo leyó por billonésima vez:

MAYOR APLOMO Y PONDERACIÓN, decía el encabezamiento.

«Vaya —pensó Anastasia—, eso no me vendría nada mal. Yo, lo que es de aplomo y ponderación, cero.» Aquella vez, por ejemplo, bien poco tiempo hacía, el Día de las Profesiones, a principio de curso, cuando asignaron a Anastasia la misión de guiar al arquitecto, que era una señora, por los pasillos de la escuela en su visita a las clases. La noche anterior

30

había practicado Anastasia las cosas que podría decir a un arquitecto —cosas dichas con aplomo y ponderación—, y luego, cuando intentó decirlas, cuando empezó: «a mí la arquitectura me interesa mucho; mi familia vive en una casa victoriana que fue construida en...», se pegó un gran batacazo contra una puerta de cristal, destrozándose prácticamente la nariz.

Todavía sentía vergüenza cuando se acordaba, y eso que la arquitecto se había mostrado muy comprensiva y amable con ella, y hasta le había dado un *kleenex* para que lo sostuviera contra el labio superior, que le sangraba un poco.

MAYOR CONFIANZA EN UNO MISMO, rezaba el prospecto a continuación. Y si alguien en el mundo necesitaba mayor confianza en sí misma, ese alguien era Anastasia. Si hubiera tenido suficiente confianza en sí misma, se habría presentado para secretaria de la asamblea escolar. De veras que habría querido serlo, que le habría gustado hacer las actas. Le encantaba la palabra «actas». Se perecía por escribir «Actas» en la cabecera de una página en blanco y luego tomar notas. Lo habría hecho mejor que nadie... desde luego, mejor que esa estúpida de Emily Ewing, que tenía tanta confianza en sí misma que no sólo se había presentado para secretaria de asamblea escolar, sino que había hecho carteles publicitarios que decían:

MÉRITOS EXTRAORDINARIOS
EMILY EWING

y todo el mundo le había votado. Pero a Emily siempre se le olvidaba asistir a las reuniones. Sólo deseaba

leer

ser secretaria de asamblea escolar porque quería que saliese su foto en el anuario. Anastasia habría sido una secretaria mucho mejor, pero le había faltado confianza en sí misma para presentarse.

«Pronto la tendré», pensó Anastasia con satisfacción.

Leyó la última frase del encabezamiento del prospecto: MAYOR MADUREZ.

Eso no parecía tan importante como el aplomo y la confianza. Los padres de Anastasia solían asegurarle que era una persona muy madura para sus trece años. Leía libros de adultos, veía programas de televisión para adultos, se comportaba igual que las personas mayores, no lloriqueando y tonteando como hacía su hermano. Algunas veces se enfurruñaba, era cierto; pero los adultos se enfurruñan de vez en cuando. Su madre estuvo enfurruñada toda la noche aquella vez que se pasó horas en la cocina preparando un guiso con un montón de ingredientes selectos y luego prácticamente nadie de la familia lo quiso comer. Anastasia empezó a comerlo hasta que descubrió que contenía hígado, que no le gustaba. Su padre también empezó a comerlo hasta que se topó con un cogollo de alcachofa, que no le gustaba. Sam sí se lo comió, porque Sam se comía lo que le echaran, pero la señora Krupnik se enfurruñó de todos modos. Anastasia se había comportado con mucha madurez en aquella ocasión, yendo a la cocina a preparar emparedados de mantequilla de cacahuete y jalea para su padre y para ella.

Era la letra pequeña, más abajo, lo que realmente le gustaba a Anastasia; y volvió a leerla una y otra vez:

grabación en vídeo
peluquería de estilo
arte del maquillaje
corrección de la postura
modulación de la voz
modificación de la dieta
consulta sobre moda y estilo

No estaba muy segura respecto al significado exacto de los términos «modificación» o «modulación». Pero puesto que el cursillo de una semana por 119 dólares se titulaba «Curso de modelo para jóvenes estudiantes», Anastasia se figuraba que tendrían que ver con el pase de modelos. Fantástico. Seguro que se trataba de pasar modelos de alta costura y tenía una que modificar su dieta y modular su voz. Ya se enteraría bien de todas esas historias cuando siguiera el curso.

Por supuesto, si se convertía en modelo se le presentaría toda una nueva serie de problemas, comprendió Anastasia. Volvió a colocar de canto su cuaderno, agachó la cabeza y musitó:

—Sonya.

Sonya levantó también su cuaderno a modo de escudo y miró desde su pupitre.

—¿Qué?

—¿Posarías tú para fotos desnuda si te lo pidieran? —preguntó Anastasia en un susurro casi inaudible.

—¿Fotos cómo?

—Desnuda. Como Eva.

—¿Fotos nuevas? Pues claro. Especialmente si perdiera algo de peso. Tiraría las viejas. Estoy gorda en todas.

—Nuevas no. Desnuda, desnuda... —susurró Anastasia.

Sonya parecía desconcertada.

—¿Fotos menudas? —inquirió, sin comprender.

—¡Desnuda! —dijo Anastasia en voz alta.

En la sala de estudio todo el mundo soltó la carcajada. El señor Earnshaw se irguió, enderezó las gafas y clavó en Anastasia sus ojos de águila.

—Anastasia Krupnik —dijo—, ya hablaré yo contigo unas palabritas, aquí en mi mesa, en cuanto suene la campana —luego esbozó una sonrisa glacial, sarcástica—. Completamente vestida, por supuesto —añadió.

Colorada como un tomate, Anastasia se puso a ordenar sus libros. «Aplomo y confianza en mí misma —repetía para sus adentros, anhelando que esas dos cualidades la asistieran mientras se disponía a explicarse con el señor Earnshaw—. Aplomo y confianza en mí misma.»

—Tengo que confesar que estoy un poco nerviosa con lo del curso de modelo —dijo Anastasia a sus padres esa noche.

Sam se había acostado ya, y ellos estaban en el despacho sentados ante la chimenea. Su padre había puesto en el estéreo uno de sus discos predilectos; tenía los ojos cerrados y con las manos dirigía la orquesta.

—Tra la rá, tra la rá —cantaba con voz queda, al compás de la grabación—. ¿Oís esa frase? Mozart era un genio.

Anastasia hizo una afirmación de cortesía con la cabeza, aunque su padre continuaba con los ojos

cerrados y no podía verla. ¡Era tan extravagante cuando se sumergía en Mozart! Su madre se limitó a sonreír y siguió haciendo punto.

No conocía Anastasia ni a un solo chico o chica de su edad que hiciera punto, o que escuchara a Mozart. Se preguntaba cómo podía llegar uno a esas cosas. ¿Te despertabas de pronto una mañana, a los diecisiete años o así, con unas ganas locas de hacer unos mitones de punto? ¿Y lo de Mozart cuándo se presentaba? Su padre le había confesado una vez que de joven le gustaban mucho los Beatles. Tal vez, años atrás, cuando estudiaba en la universidad posiblemente, había sentido un día el irreprimible deseo de quitar del estéreo *Sergeant Pepper* y sustituirlo por una sinfonía? Tendría que preguntárselo. Pero no ahora mientras oía el disco, claro.

—Es natural que estés nerviosa —la tranquilizó su madre—. También lo estabas cuando empezaste con tu trabajo este verano. Y el primer día de colegio. Todo el mundo está nervioso cuando se dispone a emprender algo nuevo.

—Y en realidad —le recordó Anastasia—, para mí van a ser dos cosas nuevas al mismo tiempo. Cuando vaya a Boston, no sólo voy a ir al curso de modelo; también tengo que ir a hacer la entrevista a la dueña de la librería...

Su madre la miró, cautelosa.

—Anastasia, prométenos que irás directamente a la librería. Y al curso de modelo. Derecha desde el autobús, y derechita luego al autobús para volver a casa. Nada de tontear por ahí, en la ciudad.

—¿Tontear por ahí? *¿Moi?*

36

Cesó la música, y el doctor Krupnik se levantó para dar la vuelta al disco.

—Quiero que escuchéis con atención el tercer movimiento —dijo.

—Myron —dijo la madre de Anastasia—, ¿no tienes sugerencias que hacer a tu hija acerca de la entrevista?

—Podrías preguntarle por qué se vendieron sólo tres ejemplares de mi libro —sugirió él.

—Ja, ja —dijo Anastasia sarcásticamente—. No le preguntaré una cosa así. Es importante ser de lo más cortés durante la entrevista. Figura en las instrucciones que nos han dado. También se nos recomienda que hagamos preguntas abiertas.

—¿Qué es una pregunta abierta? —inquirió la señora Krupnik.

Anastasia recordó las instrucciones impartidas en su clase.

—Bueno —explicó—, si te limitas a preguntar: «¿Le gusta ser librera?», sólo podrá contestar que sí o que no. Y resultará soso. Pero si preguntas, en cambio, «¿Qué es exactamente lo que le gusta de ser librera?», entonces tiene que decir algo. Eso es una pregunta abierta.

Su padre las miraba con el entrecejo fruncido, mientras sostenía el brazo del tocadiscos cuidadosamente en la mano.

—Ahora poned atención, chicas. Este tercer movimiento es increíble —dijo.

—¿Papá? —preguntó Anastasia—. ¿Qué es exactamente lo que te gusta de Mozart? Ésa es una pregunta abierta.

—Shhhhhh —chistó su padre.

Anastasia Krupnik

MI PROFESIÓN

Después de pensármelo muy bien, he decidido que voy a ser librera. Para ser librero hay que tener mucho aplomo y ponderación y confianza en uno mismo. Por eso, como parte de los requisitos educativos, probablemente es una buena idea seguir un curso para modelos.

3

EL autobús llegará tarde —pensaba Anastasia, dando fuertes pisotones en la nieve—. Sé que el autobús va a llegar tarde. El autobús va a llegar tarde, y entonces yo también llegaré tarde, y seré la única persona de toda la clase que llegue tarde. ¿Hay nada más humillante? Probablemente me pondrán de patitas en la calle, antes de haber empezado siquiera. Y me harán pagar mi dinero de todos modos. Tendré que pagar los 119 dólares hasta el último centavo, y aun así no me permitirán seguir el curso por haber llegado tarde el primer día.»

Pero entonces oyó un chirriar de frenos, levantó la mirada, y el autobús estaba allí.

Mientras esperaba para subir detrás de una señora que tuvo que aupar a dos niños pequeños a los resbaladizos escalones, Anastasia miró su reloj.

«Voy a llegar demasiado pronto —pensó—. Qué

fastidio. Voy a llegar con media hora de antelación. Seré la primera en aparecer por allí. ¿Hay nada más humillante? La primerita de todas. ¿Te estás muriendo de impaciencia o qué, Krupnik?»

El autobús arrancó con brusquedad, y Anastasia tambaleándose se dirigió hacia un asiento desocupado antes de pagar su billete. «Espero que sea éste el autobús indicado. ¿Y si hubiera subido a otro por equivocación? ¿Y si este autobús fuese para Nueva York o algún sitio así? ¡Esa sí que sería buena! Tendría que haber preguntado al conductor si era éste el autobús indicado.»

Miró hacia delante y examinó el cogote del conductor del autobús. Era un hombre de mediana edad, con bigote, y miraba fijo al frente mientras conducía, con los ojos entornados por el vivo reflejo del sol en la nieve.

«Tiene toda la pinta de ser el conductor del autobús de Nueva York —decidió Anastasia—. Estoy en el autobús que no es. Qué fastidio, voy camino de Nueva York. Siempre había querido ir a Nueva York algún día, pero desde luego que no había pensado ir yo sola, en pantalon vaquero.»

—¿Vas de compras?

Anastasia se sobresaltó cuando le dirigió estas palabras la mujer que iba sentada a su lado. Volvió la vista y descubrió a una señora mayor con abrigo de paño que llevaba un abultado bolso verde sujeto con ambas manos sobre su regazo.

—¿Perdón?

—Te preguntaba si vas de compras. Yo voy al Sótano de Filene. Voy al Sótano de Filene todos los

días. La única manera de conseguir gangas es ir a diario, sin perder ni un solo día. ¿Vas tú también a Filene?

Qué alivio. Filene estaba en el centro de Boston, luego iba en el autobús indicado. Anastasia negó con la cabeza y sonrió cortésmente a la dama. Había prometido a sus padres que no hablaría con desconocidos, pero imaginaba que decir que no con la cabeza y sonreír cortésmente era correcto.

La mujer siguió charlando.

—La mitad de la gente de este autobús va al Sótano de Filene. Ahora los ves a todos con abrigo y sombrero, ¿no? Pues de aquí a media hora andarán todos por el Sótano de Filene en paños menores.

Anastasia la miró sorprendida.

—Perdón, cómo ha dicho?

—No hay cuartos para probarse —explicó la mujer—. Así que tiene una que probarse las cosas allí mismo a la vista de todos. ¿Ves aquella mujer que va allí, la del sombrerito azul? Siempre lleva dos bragas, una encima de la otra.

Anastasia pestañeaba y mantenía la vista al frente. «No hace aún diez minutos que prometí a mis padres no hablar con desconocidos —pensaba—, y héteme aquí metida en una conversación sobre paños menores.»

—¿Así que —continuó la mujer, mientras abría su bolso, sacaba un estuche, lo abría y examinaba su pintura de labios en el espejito—, así que vas de compras?

—No —dijo Anastasia, incómoda—, voy a hacer un curso de modelo.

La mujer cerró de golpe el estuche.

—Oh —dijo—, claro, debía haberlo adivinado.

—¿Adivinado? Por qué?

—Porque eres alta —dijo la mujer—. Y delgada.

Anastasia se arrellanó en el asiento del autobús, cabizbaja y sombría. «Muchísimas gracias —pensó—. Lo mismo podría haber dicho: porque tienes esos pómulos tan grandes.»

La mujer siguió y siguió con su mosconeo, charla que te charla sobre las gangas del Sótano de Filene, pero Anastasia dejó de escuchar. Comenzó a representarse a sí misma en la imaginación, al final de la semana, tomando aquel mismo autobús el viernes por la tarde, sentándose tal vez al lado de aquella misma señora. La mujer tendría exactamente el mismo aspecto —bolso verde, pelo gris rizado—, pero Anastasia sería enteramente distinta. Alta, sí. Delgada, sí. Pero «aplomada», confiada en sí misma, con —pensó en la letra pequeña del prospecto— con un nuevo estilo de corte de pelo, una dieta adecuada, mejor postura, una voz modulada y una noción enteramente revisada de la moda.

Recordó que había también una referencia al maquillaje. Anastasia no se había maquillado nunca. Bueno, no había llegado a maquillarse de verdad. Alguna que otra vez había probado, pero nunca parecía quedarle bien. Al parecer no acertaba a dar con el *quid*. Pero, naturalmente, en la escuela de modelos se lo enseñarían.

El autobús estaba entrando ya en el centro de la ciudad. Anastasia miraba por la mugrienta ventanilla y veía pasar los altos edificios. Veía a toda aquella gente «aplomada» y confiada en sí misma ir y venir

43

con paso largo y decidido por las aceras. Pronto sería ella una de aquellas personas... «Bueno, pero no ésa de allí», pensó, observando a una mujer obesa que avanzaba con torpes andares de oca gritando a un crío pequeño que correteaba a su lado.

Metió la mano en el bolsillo y sacó el papelito amarillo donde su padre había anotado la dirección de la librería y su nombre: PAGES*.

«Qué nombre tan propio para una librería», pensó Anastasia: *Pages*. Probablemente la dueña se había pasado horas y horas devanándose los sesos antes de dar con el nombre perfecto.

Anastasia pensó en algunas de las preguntas que podría hacer a la librera. «¿Le resultó divertido buscar hasta encontrar el nombre justo para su librería?»

No. Ésa no era una pregunta abierta. La librera podría contestar simplemente: «Sí.»

Anastasia probó a formular la pregunta de otra manera: «¿Qué proceso mental siguió en la búsqueda de un nombre apropiado para su librería?» Ahí estaba. Eso era lo correcto.

Tal vez, recapacitó, a fin de proceder con la máxima cortesía, debiera incluir en la pregunta el nombre de la mujer. «¿Qué proceso mental siguió en la búsqueda de un nombre apropiado para su librería, señora... » Miró de nuevo el papel y leyó el nombre de la librera: BARBARA PAGE.

Bueno, a lo mejor no había tenido que pasarse horas y horas devanándose los sesos antes de dar con el nombre perfecto para su librería.

---

* *Page* en inglés significa «página». *(N. del E.)*

El autobús paró interrumpiendo los pensamientos de Anastasia. Ya habían llegado: estaban en el centro de Boston. Podía ver a un lado el edificio del Ayuntamiento, y más allá el Capitolio con su cúpula dorada.

Esperó mientras la gente a su alrededor se levantaba y se dirigía hacia la parte delantera del autobús: mujeres, en su mayor parte con grandes bolsos, paraguas y sombreros. Tenían aspecto de amas de casa, abuelas, maestras; Anastasia encontraba difícil creer que pocos minutos después anduvieran todas por el Sótano de Filene en paños menores.

—Discúlpame, hijita.

La mujer que había hecho el viaje a su lado la empujó para salir y se apeó con muchas prisas. Anastasia la siguió.

Tenía que recorrer a pie dos manzanas hasta la escuela de modelos. Anastasia se ajustó bien los vaqueros, se alisó el abrigo con capucha y compuso su postura. Llevaba desde el viernes esforzándose por recordar lo importante que es un buen porte. La víspera, con sus padres, había examinado el plano callejero de Boston. Había recorrido con el dedo la dirección que habría de seguir. Ahora se orientó y se puso en marcha.

Se preguntó qué aspecto tendría una escuela de modelos. Claro que ya se hacía una idea bastante aproximada por lo que había visto en los telefilmes. «Adosada a la pared, junto a la puerta principal, habría una elegante placa de bronce. En el interior habría mullidas alfombras grises —pensó—, o de color beige, con unos cuantos cojines de tonos vistosos, tal vez rojos o amarillos, esparcidos por los blan-

45

dos sofás de la sala de espera. Las luces serían brillantes, y habría una fastuosa recepcionista ataviada con ropa de alta costura en un amplio mostrador semicircular. Sonarían teléfonos constantemente. Al fondo se oiría música.»

Volvió una esquina y pasó junto a un restaurante chino de comidas rápidas y junto a un establecimiento de reparación de máquinas de escribir. Al lado de este último había una mujer joven moviendo sin parar los pies para calentárselos y diciendo algo a los que pasaban.

—¿Tienes suelto? ¿Puedes desprenderte de unos centavos? —preguntó a Anastasia la mujer cuando pasó por su lado.

Anastasia dijo que no con la cabeza como habían hecho los demás. Sintió un poco de remordimiento, porque sí que llevaba suelto, y también podía desprenderse de unos centavos. Pero se había fijado en que la mujer calzaba botas L. L. Bean. Anastasia sabía lo que costaban esas botas, y estaba segurísima de que alguien que podía permitirse gastar botas L. L. Bean no necesitaba mendigar centavos.

«Sin embargo —pensó—, a lo mejor se ha encontrado las botas en alguna parte. Tal vez tuviese hambre realmente, hambre de verdad. Tal vez tuviese niños pequeñitos hambrientos...»

Anastasia titubeó. Se volvió para mirar de nuevo a la joven. Un hombre se había detenido y dejaba caer unas monedas en la mano extendida de la mujer. Luego siguió su camino. La mujer se guardó el dinero en el bolsillo, echó una mirada a Anastasia, sonrió enseñando los dientes y parpadeó.

46

Anastasia la observó a su vez con asombro. Luego recompuso la postura y se encaminó hacia la otra esquina de la manzana, comprobando los números de los inmuebles.

365. 367. 369. Allí era: el 369. Pero no tenía pinta de serlo. Sacó el prospecto del bolsillo e hizo la comprobación: 369. Pues sí que era allí. Pero no había ninguna elegante placa de bronce. Había una joyería con el escaparate lleno de cadenitas de oro. Embadurnando el cristal, había letreros escritos a mano que decían: SALDO GENERAL. LIQUIDACIÓN DE EXISTENCIAS POR CIERRE. TODO AL 50 %.

A la izquierda de la entrada de la joyería había otra puerta: una puerta de cristal con letras doradas a medio descascarillar en la que se leía:

DEMI   ASCIN   CIÓN

Anastasia limpió los empañados cristales de sus gafas y miró de nuevo. Ahora logró distinguir los sitios donde la purpurina se había ajado y desprendido, y pudo leer lo que el rótulo pretendía decir.

ACADEMIA FASCINACIÓN

Sí, allí era. En el encabezamiento del prospecto que anunciaba el curso de modelo decía eso mismo: «Academia Fascinación.» Anastasia tragó saliva y abrió la puerta.

En el interior se vislumbraba una escalera oscura. Sujeto con cinta adhesiva a la pared, junto al arranque de dicha escalera, había un letrero escrito a mano.

ACADEMIA FASCINACIÓN, 2.º PISO, podía leerse garrapateado en el mismo, y una flecha señalaba hacia arriba.

Anastasia titubeó. La escalera estaba muy oscura, y la pintura verde pálido de las paredes aparecía mugrienta y llena de desconchones. Esforzó la vista en aquella penumbra y miró su reloj. Eran las 9,15, y según el programa el curso de modelos daba comienzo a las 9,30. Tenía pues quince minutos para tomar una decisión.

Podía volverse a casa, por supuesto. Pero se perdería el almuerzo con la librera, y la entrevista que tenía que hacerle, y daría al traste con su proyecto escolar. Y tendría que explicárselo a sus padres, y a Sonya, ¡y sería tan humillante!

Podía... Sus pensamientos se vieron interrumpidos, cuando a su espalda se abrió la puerta. Anastasia dio un brinco y se volvió, aterrorizada, dispuesta a enfrentarse con un atracador, con un asesino, o con alguien pidiendo unos centavos sueltos.

Pero era una chica de su misma edad: una atractiva joven negra que llevaba vaqueros, zapatillas deportivas, una vistosa chaqueta encarnada y una clara expresión de contrariedad y de asco. Estaba mirando un papel que tenía en la mano, el mismo papel que tenía Anastasia.

—Esto no tiene aspecto de escuela de modelos, desde luego —dijo la chica en voz alta—. Parece la Corte de las Cucarachas.

—Ya lo veo —respondió Anastasia—. Me daba miedo subir.

—Tendremos que decidir, me parece —dijo la chica—. Para mí la cosa es, una de dos, o subo y me quedo una semana a ver lo que pasa en este antro, o me vuelvo a casita a cuidar de los críos de mi hermana, y todos se reirán de mí por ser tan tonta.

Anastasia asintió con la cabeza.

—Ése es también mi caso —dijo con acento tétrico—. Yo no tengo hermana, así que no tendría que cuidar críos de ninguna hermana. Pero probablemente todos se reirán de mí también, si vuelvo a casa.

—¿Tienes los ciento diecinueve dólares? —preguntó la chica.

—Sí —Anastasia acarició su monedero, en uno de cuyos compartimentos con cierre de cremallera llevaba la cantidad requerida para el curso de modelo—. Son los ahorros de mi vida.

—También los míos. Los gané este verano, cuidando niños —la chica no quitaba ojo a la siniestra escalera—. Y digo yo, hasta dónde podríamos llegar en un autobús, con todo ese dinero. ¿Nos acercamos a la estación y lo vemos? A lo mejor podríamos pasar un fin de semana en Atlantic City o algún sitio así.

—No lo creo —dijo Anastasia—. Mis padres me esperan en casa para la cena.

—Y los míos también. Lo decía en broma. ¿Cómo te llamas?

—Anastasia.

—Eso no tiene chispa. Yo me llamo Henry*.

—¿Henry?

—Abreviatura de Henrietta. Pero si me llamas eso te juegas la vida.

—Vale, mujer, vale —Anastasia rió nerviosamente.

_____
* Nombre de varón en inglés (como en español Enrique). *(N. del T.)*

—Lo decía en broma —dijo Henry—. Oye, yo voy a subir. ¿Vienes?

—Sí —respondió Anastasia con resolución—. Si subes tú, yo también.

Y emprendieron juntas la subida de la escalera que conducía a la Academia Fascinación. Mentalmente, Anastasia comenzó a revisar los párrafos iniciales de su proyecto escolar.

MI PROFESIÓN

En ciertos casos, al prepararse para la profesión que se ha elegido, hay que hacer cosas que dan grima. Como, por ejemplo, si quiere uno ser médico, tiene que examinar cadáveres.

Y si desea ser abogado, a veces tendrá que ir a una cárcel y hablar con brutales asesinos.

Para ser librero, y para desarrollar el aplomo personal y la confianza en uno mismo, puede uno verse tal vez en la necesidad de subir por una escalera oscura donde hay una colilla de puro, quizá fumado por un criminal, en mitad del tercer peldaño.

Pero hay que ser valiente cuando se emprende el camino de la futura profesión.

4

¿SUAVE luz indirecta? Estaba equivocada. Había simplemente unas bombillas con una cadenita de sube y baja, colgando del techo.

¿Gruesas alfombras beige? Qué va. Había un linóleo mugriento en el que alternaban cuadros verdes y blancos, con una colilla aplastada en un rincón.

¿Largos sofás con vistosos cojines? Qué va. Tres sillas de plástico.

¿Fastuosa recepcionista ante un mostrador curvo con una batería de teléfonos? Qué va. Había un escritorio metálico con una vetusta máquina de escribir y una gruesa mujerona hablando a voces por el único teléfono, negro por más señas.

—Conque le conté ese chiste —decía la mujer— de los dos europeos que iban de caza y se los comieron unos osos, y cuando los guardabosques mataron a los osos, dijeron: «¿El checo está en el chico?» Pero él no le encontraba la gracia, así que le dije: «Te hablo del cheque, chico... Lo recibirás por correo. Yo misma lo eché al buzón hace dos días...» Pero, escucha, Selma, tengo que colgar. Hay alguien aquí. Te volveré a llamar, ¿vale?

Colgó el teléfono, se volvió hacia las chicas y sonrió. Tenía pintura de labios en los dientes.

—Krupnik y Peabody, ¿no? —preguntó, consultando una hoja de papel.

Anastasia hizo un gesto afirmativo. También Henry. La mujer comprobó sus nombres en la hoja.

—¿Quién es una y quién otra? —inquirió, levantando la vista.

—Yo soy Anastasia Krupnik —respondió Anastasia.

—Entonces tú debes ser Henrietta Peabo...

—Si me llama eso se juega la vida. Es Henry Peabody.

Anastasia respingó. No podía imaginar que se dijera eso a nadie, ni siquiera a una persona con los dientes manchados de pintura de labios. Pero la mujer se echó a reír.

—Tremendo —dijo—. Perfecto, chiquillas, bienvenidas. Yo soy Tía Vera. Vamos a ver, primero tenemos que ocuparnos de ciertas cuestiones pecuniarias.

Pero Henry no tenía pelos en la lengua.

—¡Un momento! —dijo—. ¿Qué es eso de Tía Vera? Yo no necesito parientes suplementarios. Tengo ya todas las tías que me hacen falta.

La mujer soltó una risita.

—Eres una chica de rompe y rasga, Peabody. Me gusta. Te voy a explicar. Si prefieres llamarme por mi nombre completo puedes hacerlo. Es señora Szcempelowski.

Henry torció el gesto.

—Todos me llaman Tía Vera. Es más fácil. No quiere decir que tengáis que mandarme flores por mi cumpleaños ni nada de eso.

—Bueno, pues vale, por mí —dijo Henry—. Estaba inscribiéndome.

—Las otras chicas están dentro con Tío Charley (señor Szcempelowski, si lo preferís), excepto una que no ha aparecido todavía. Conque vamos a arreglar la cuestión pecuniaria y podéis pasar. Necesito ciento diecinueve dólares de cada una de vosotras.

Henry y Anastasia se miraron. Anastasia pensó en las alternativas. No parecía haber muchas. La otra opción era irse a casa y pasar una semana compadeciéndose. La de Henry, como sabía, era cuidar de los críos de su hermana.

Una y otra entregaron su dinero a Tía Vera, que lo contó cuidadosamente y extendió dos recibos.

—Está bien —dijo—, entrad por esa puerta. Yo esperaré aquí hasta que llegue la última y luego me reuniré con vosotras. ¡Eh! —añadió, mirando sus semblantes abatidos—, animaos un poco, ¿no? ¡Esto va a ser divertido!

Y Anastasia, al pasar tras de Henry por la puerta, aún alcanzó a oír a Tía Vera marcar en el teléfono.

—¿Selma? —dijo Tía Vera—. Bueno, pues como iba diciéndote, le dije que le había mandado el cheque por correo, y él dijo...

La estancia se hallaba vivamente iluminada, pero Anastasia advirtió que era iluminación de tubos fluo-

54

rescentes. Detestaba las luces fluorescentes. ¡Le hacían a una parecer tan fea!

Aunque no tuvieras un solo defecto en la cara, las luces fluorescentes lo creaban. Su madre pensaba lo mismo. La señora Krupnik decía que las luces fluorescentes ponían arrugas y años. Cuando se mudaron el verano anterior a la vieja casona donde ahora vivían, vinieron electricistas a cambiar las luces de los cuartos de baño porque la señora Krupnik dijo que se hundiría en una depresión si tenía que mirarse todos los días en un espejo con luces fluorescentes encima.

«Por lo menos —pensó Anastasia inspeccionando el recinto—, no hay espejos.»

A decir verdad, no había mucho de ninguna otra cosa. Un cuarto vivamente iluminado, sin más, con el mismo linóleo verde y blanco en el piso y unas cuantas sillas plegables de metal. Dos chicas de aproximadamente su misma edad estaban allí sentadas mirándose las rodillas. Un hombre corpulento y calvo estaba enredando con algunos aparatos de vídeo al fondo de la habitación.

—¡Entrad! —dijo con voz estentórea—. ¡Yo soy Tío Charley! Sentaos por ahí y presentaos. ¡Aquí vamos a ser todos amigos! Al final de la semana seremos camaradas íntimos.

—De eso nada —musitó Henry—. Siéntate a mi lado, Anastasia, ¿quieres?

Anastasia siguió a Henry al interior de la estancia y se sentaron juntas, alejadas de las otras dos chicas. Una de ellas no levantó la vista. La otra, una pelirroja regordeta, les echó una mirada hostil. Anastasia le sonrió nerviosamente; Henry la fulminó.

—Ojo con ésa —dijo Henry a Anastasia en voz baja—. Es mala.

Tío Charley seguía manipulando afanosamente la cámara de vídeo, colocada sobre un enorme trípode.

—Malditos aparatos de alquiler... nunca funcionan como es debido —dijo. Finalmente anunció—: Ya está. Creo que ya lo tengo —se dirigió a la parte delantera de la sala, todo sonriente—. Bienvenidas, señoritas. Hay una más matriculada que está al llegar. En cuanto estemos todos empezaremos. Unas palabritas de presentación mías y de Tía Vera, y a continuación vamos a recrearnos un poco con la cámara. Todas seréis estrellas de la televisión, ¿qué me decís a eso?

La chica pelirroja dijo con voz de fastidio:

—Yo ya he estado en la televisión de verdad. En las *Audiciones Públicas,* el año pasado.

Anastasia pudo oír a Henry, a su lado, emitir un murmullo de desaprobación.

—Bueno, eso viene de perlas, hijita —proclamó Tío Charley con su voz campanuda—. Tener en la clase a alguien con tanta experiencia será útil de verdad —se acercó a la puerta y llamó—: ¿Vera? ¿La última no ha aparecido todavía?

Tía Vera contestó no sé qué, y Tío Charley respondió a su vez:

—Está bien. Pues hazlo pasar para que podamos empezar.

¿Hazlo? Anastasia miró a Henry con sorpresa. ¿Un *chico?* Henry puso los ojos en blanco.

Apareció Tía Vera en el umbral de la puerta, con su sonrisa que dejaba ver los dientes manchados de pintura de labios.

—Pasa y siéntate, hijo —indicó, y se apartó a un lado para dejar entrar a un chico bajo y rechoncho. Anastasia no quería mirar con mucho descaro, de modo que se contentó con echar un rápido vistazo de reojo. Vio unos pantalones azules. Una camisa blanca y corbata. ¿Corbata? Qué cosa más rara. Henry, ella y las otras dos chicas iban todas vestidas informal, con pantalón vaquero. Volvió a echar otra visual al chico. Llevaba algo en la mano. Una cartera de piel. ¿Cartera? El único chico que había conocido en su vida que llevara cartera era...

El chico miró a Anastasia y su rostro se iluminó.

—¡Anastasia Krupnik! —dijo.

Oh, no. ¡Oh, no! No podía ser. Pero era.

Era Robert Giannini.

Anastasia conocía a Robert Giannini desde que ambos tenían cinco años. Habían ido juntos a la escuela infantil, y juntos habían ido pasando de clase hasta sexto, hasta que la familia de ella se mudó de Cambridge el verano anterior.

Siempre había sido un superferolítico, aun cuando sólo contaba cinco años, si bien por entonces no llevaba su cartera. A la guardería acudía con un estuche lleno de lápices con su nombre grabado en cada uno de ellos.

Al colegio siempre llevaba almuerzos nutritivos, pequeñas ensaladas en recipientes de plástico y comprimidos vitamínicos. También llevaba gotas para la nariz —¡gotas para la nariz!—, porque padecía alergias, y tres veces al día, durante siete años, tuvo Anastasia que ver a Robert Giannini, sentado a su pupitre, echar la cabeza hacia atrás e introducirse una gota de la medicina en cada ventana de la nariz. Qué indecencia.

Siempre se había ofrecido para ser celador, o como se decía en el colegio, para ser «monitor». Para encargarse de las tizas, del papel, del aula, de cualquier cosa que precisara ser controlada y vigilada, Robert Giannini se presentaba siempre voluntario. En cuarto curso, en un libro de ciencias, había una ilustración que representaba un varano del Nilo (también llamado monitor), y desde entonces, a sus espaldas, todos llamaron a Robert Giannini por ese nombre del cocodrilo terrestre.

En cuarto curso se compró la cartera, que llevaría siempre consigo desde entonces. De año en año había ido haciéndose más y más superferolítico, hasta que, en sexto, era ya un superferolítico universal, sin duda de ningún género.

Calzaba zapatos ortopédicos.

Llevaba zuecos cuando llovía.

Veía el Canal 2, el canal educativo, noche tras noche, y luego daba en clase información oral sobre los programas que había visto, para ganar méritos y sumar puntos. En cierta ocasión —Anastasia no soportaba siquiera el mero hecho de pensar en ello— dio un informe acerca de la reproducción humana. De pie, frente a la clase de sexto entera, Robert Giannini había charlado y charlado sobre la reproducción humana, diciendo en voz alta las palabras «espermatozoides» y «óvulos» por descontado. Fue el hecho más embarazoso que jamás había sucedido mientras estaban en sexto.

Pero desde que comenzó séptimo, en un barrio y colegio totalmente distinto, Anastasia había dado por supuesto que nunca más volvería a verle. Se había jurado a sí misma no volver a verle el pelo jamás.

Y, sin embargo, ahí estaba ahora, aferrado a su cartera de piel, corriendo una silla a fin de poder sentarse... Anastasia levantó la vista: en efecto, disponiéndose a sentarse al lado de ella.

Anastasia se había pasado toda su vida de trece años, iba para cuatro meses ya, intentando olvidar que había conocido alguna vez a un mamarracho como Robert Giannini.

Y ahora Robert Giannini se había matriculado en la escuela de modelos.

—Ahora que ya estamos todos, vamos a presentarnos —anunció Tío Charley con su voz campanuda, situándose frente a ellos—. Ya me conocéis a mí y conocéis a Tía Vera. Y sabréis mucho más de nosotros a lo largo de esta semana. Conque sepamos un poquito de vosotros. Cómo os llamáis, un poco sobre lo que sois y sobre lo que esperáis obtener del curso. ¿Vale? Pues empecemos por ti, guapita, la que está sentada ahí delante.

La chica de pelo moreno que no levantaba la vista de sus rodillas se sobresaltó. Alzó la cabeza, toda nerviosa.

—¿Yo? —susurró.

—Eso es. Dinos cómo te llamas. Yo ya lo tengo anotado en mi lista, naturalmente, pero los demás no lo saben todavía.

La chica susurró algo. Anastasia no alcanzó a oír lo que dijo.

—Procura hablar un poquitín más alto, bonita —dijo Tía Vera.

—Helen Margaret Flowell —articuló la chica, sonrojándose.

—Bien. ¿Qué edad tienes, Helen? —preguntó Tía Vera.

—Helen Margaret —corrigió la chica, siempre en voz muy baja.

—Oh. Bueno, Helen Margaret, ¿qué edad tienes?

—Doce años —susurró Helen Margaret.

—¿Y qué te gustaría contarnos acerca de ti misma?

Helen Margaret movió negativamente la cabeza.

—No lo sé.

—Bueno —dijo Tía Vera—, ¿qué cosas interesantes han ocurrido en tu vida últimamente?

Helen Margaret no respondió nada. Permaneció mirando al suelo.

Tía Vera afirmó con un gesto, comprensiva y jovial.

—Estás un poco nerviosa, hijita. Ya lo superarás. ¿La siguiente? ¿Tú? —señaló con el dedo a la pelirroja.

—Me llamo Bambi, como el cervatillo, pero se escribe terminado en «e»: Bambie —dijo la chica en voz alta y sonora—. Bambie Browne: el Browne termina también con «e». Tengo catorce años y me propongo hacer carrera en el campo del espectáculo. El año pasado estuve en las *Audiciones Públicas*. Hice un monólogo. Y hago un montón de cuadros teatrales preciosos. Mi preparador ha dicho que debía hacer este curso para tomar algunas orientaciones.

Gané el concurso Greta Garbo cuando tenía diez años. Mi vestido estaba hecho de encargo y era el único de todo el certamen que no era de color arándano. Lo llevaba verde, fíjese, por mi pelo. El color natural de mi pelo. Y...

—Gracias. ¿La siguiente? —Tía Vera miró hacia Henry.

—Yo me llamo Henry Peabody y tengo trece años y he venido porque quiero aprender algo de lo que hace falta para llegar tal vez a ser modelo. Mi tía (mi tía de verdad, no ninguna tía de pega) ha dicho que tal vez podría yo llegar a ser modelo porque soy alta y delgada. Y si llegara a ser modelo ganaría dinero suficiente para poder ir a una universidad —marcó una pausa, y a continuación añadió—: El color de mi pelo es natural también. Y el de mi piel —y sonrió, maliciosa.

Anastasia se removió en su silla. Sabía que ahora le tocaba a ella y no sabía qué decir. Tía Vera le sonrió.

—Bien, ah, yo me llamo Anastasia Krupnik. Tengo trece años, lo mismo que Henry. Y soy alta y delgada también, lo mismo que Henry, pero creo que en realidad no pienso ser modelo. Creo que voy a ser librera. Sólo que espero, no lo sé, acaso llegar a tener más confianza y seguridad en mí misma.

—Perfectamente. ¿Bobby?

Robert Giannini se puso de pie. «¡Muy suyo!», pensó Anastasia. Nadie más se había levantado.

—Es Robert —dijo—, no Bobby. A mí nunca me han llamado Bobby. Tengo trece años pero no he alcanzado aún toda mi estatura, por eso parezco más niño. Espero dar un estirón en cualquier momento.

Anastasia escondió la cara entre las manos. ¡Un estirón! ¡Qué expresión tan propia de Robert Giannini!

—Me he inscrito en el curso —prosiguió Robert—, por puro interés general. No he elegido profesión todavía. Estoy considerando la metalurgia. No me veo como artista del espectáculo ni nada de eso, aunque hay varios trucos de magia que se me dan muy bien. Pero me gusta explorar toda clase de posibilidades. Si descubro que soy fotogénico, entonces naturalmente la televisión sería una de mis opciones...

Anastasia se percató de que Robert estaba dispuesto a seguir hablando y hablando sin parar. Por lo visto Tío Charley se percató de ello también, porque le interrumpió.

—Bueno —dijo Tío Charley—. Ahora que ya nos conocemos todos, vamos a empezar.

—¿Quieres que vayamos a McDonald a almorzar? —preguntó Henry—. ¿O nos acercamos dando un paseo hasta el parque y pasamos de almuerzo?

Anastasia ahogó una risita. Acababan de salir de la Academia Fascinación para la pausa del almuerzo y estaban las dos en la esquina de la calle, donde soplaba bastante viento. Allá en el estudio, Robert Giannini había copado a Tío Charley para discutir con él sobre ángulos de la cámara. Bambie Browne había desaparecido en alguna parte, probablemente en el servicio de señoras para arreglar su maquillaje, y Helen Margaret estaba sentada en la sala de espera, completamente sola, abriendo la bolsa de papel con emparedados que se había traído de casa.

—No me es posible —se disculpó Anastasia con Henry—. Tengo una cita para almorzar. Lo siento.

A Henry se le encendieron los ojos.

—¿Algún chico?

—No, nadie de interés. Una señora. Pero te veré aquí luego, a la una, ¿vale?

—Vale. Yo voy a zamparme un Big Mac y luego quiero darme una vuelta por la tienda de discos. Tal vez escuche un poco de Shakespeare para esta tarde —dijo Henry, riendo—. Practicaré unos cuantos gestos.

Anastasia también rió, se despidió y echó a andar en dirección opuesta.

Había sido una mañana delirante. Hasta el momento, Tío Charley había grabado en vídeo a tres de los chicos: a todos menos a Henry y Anastasia; a ellas las grabaría después del almuerzo.

—Y ahora procurad ser naturales —había dicho—. Esto es sólo para el «antes». Al final de la semana haremos el «después», y ya veréis qué diferencia. Empecemos contigo, Helen Margaret. Quiero que estés de pie aquí delante y hables un poco de ti misma, nada más. Mira hacia la cámara.

Helen Margaret caminó hacia el frente de la estancia como si estuviera hecha de madera. Se plantó en el sitio que le indicaba Tío Charley, bajó la vista al suelo y se quedó callada.

—Muy bien, guapita —dijo Tía Vera—, la cámara está en marcha. Háblanos de ti misma. Levanta la vista. No mordemos.

Helen Margaret, con la cabeza todavía gacha, miró hacia arriba a través de los mechones de su flequillo moreno.

—No sé qué decir —murmuró.

—¿No tienes alguna afición? —inquirió Tío Charley desde detrás de la cámara.

Helen Margaret se mordió el labio y negó con la cabeza.

—No —musitó.

—¿O sales con algún chico? —preguntó Tía Vera.

—No.

Anastasia hubiera querido indicar a Tía Vera que no estaba haciendo preguntas abiertas. Pero decidió que quizá era un poco pronto, recién iniciado el curso, para ponerse a corregir a los superiores. De modo que optó por callarse.

La entrevista —o ausencia de entrevista— se prolongó durante diez minutos, y en todo este tiempo Helen Margaret masculló respuestas de una sola palabra a las preguntas que se le hacían, sin dejar de mirar al suelo. Anastasia sentía apuro por ella. «Yo no voy a hacer nada del otro jueves cuando me llegue la vez —pensaba—, pero al menos sabré estar bien erguida y diré algo. Puedo hablar de mi familia y esas cosas.»

La siguiente fue Bambie. Se colocó en posición allí delante y comenzó su actuación antes de que Tío Charley hiciese funcionar la cámara.

—Un momento —dijo éste—. Empieza de nuevo.

Bambie echó hacia atrás la cabeza, se alisó el pelo y aguardó hasta que la cámara estuvo en marcha.

—Hago el monólogo que hice para *Audiciones Públicas* —anunció—. Es la escena de la muerte de Julieta.

Al lado de Anastasia, Henry emitió un leve lamento. Anastasia se removió, apurada, mientras Bambie gesticulaba con las manos, sosteniendo un imaginario pomo de veneno.

—«¿No me asfixiaré entonces en aquel antro inmundo, por cuya espantable boca el aire puro no penetra jamás —entonó dramáticamente— y moriré ahogada antes de ver a mi Romeo?» —hizo como que bebía del veneno imaginario y comenzó a dejarse caer al suelo. A mitad de la caída, avisó a Tío Charley—: ¿Está recogiendo esto la cámara? No tengo por qué caer hasta el suelo. Podría desplomarme sobre una silla. Lo he ensayado de las dos maneras.

Tío Charley paró la cámara.

—Está bien por ahora, querida —dijo.

—¿Robert? —propuso Tía Vera—. ¿Y si vinieras tú ahora?

Robert Giannini cogió su cartera y se adelantó con ella hasta el frente de la sala. «Me gustaría saber qué es lo que lleva en esa cartera —pensó Anastasia—. Y me gustaría saber lo que va a decir. Si suelta su discurso sobre la Reproducción Humana, me voy. Perderé mis 119 dólares si tengo que perderlos, pero jamás en mi vida volveré a oír a Robert Giannini decir: "De diez millones de espermatozoides, sólo uno alcanza el óvulo."»

Robert se aclaró la garganta, se ajustó la corbata y comenzó:

—Voy a hablar del Programa Espacial de los Estados Unidos.

—Zzzzzzzzzzzz —Henry simuló un ronquido.

Anastasia suspiró, recordando la mañana, mientras cruzaba el Boston Common en dirección a

Beacon Hill. La escuela de modelos no era, en realidad, lo que ella se había figurado. Henry Peabody era lo único bueno en ella.

Según caminaba, trataba de pensar en algunas preguntas abiertas para la librera. Pero la mente se le iba por otros derroteros, revisando su trabajo sobre «Mi profesión».

Anastasia Krupnik

MI PROFESIÓN

A veces, al llevar a cabo la preparación necesaria para la profesión elegida, se encuentra uno con personas que habría preferido no encontrarse.

Son quizá personas de nuestro pasado: personas que habíamos esperado no volver a ver jamás en la vida en ningún género de circunstancias.

A veces también pueden ser personas que no conocíamos antes, personas de esas que recitan a Shakespeare con gestos y ademanes y luego al final hacen una reverencia repelente.

Creo que probablemente no hay ningún medio de evitar que esto suceda. Mudarse a una ciudad enteramente nueva no parece ser la solución.

Tal vez mudarse a otro país serviría.

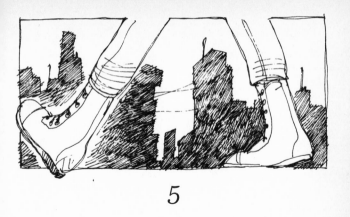

5

ANASTASIA cruzó por el Common, apartando los ojos del borrachín que estaba repantigado en un banco pimplando de una botella escondida en una bolsa de papel. Se paró brevemente a acariciar a un perro alto y flaco que acudió a ella con un palo en la boca y moviendo la cola con frenesí, hasta que su amo le llamó: «Aquí, *Sheba»,* y el animal, de mala gana pero obediente, se alejó trotando.

Contorneó el Capitolio, con su reluciente cúpula dorada, y encontró la calle que iba buscando. Allí, en Beacon Hill, había menos gente, menos bullicio. Las calles eran estrechas, con aceras de losas, árboles y farolas de gas. No parecía que hubiese tiendas, tan sólo altas casas de ladrillo muy juntas unas a otras.

Su padre le había dicho que en otro tiempo, en el siglo pasado, cada edificio era una vivienda. Ahora, empero, la mayoría habían sido divididos en apartamentos. Sólo unos pocos poseían aún casas enteras en Beacon Hill. Gente rica.

Anastasia comprobó los números y empezó a caminar cuesta abajo. Le asaltó un horrible pensamiento. ¿Y si la librería, *Pages,* estuviera en realidad en la vivienda de alguien? ¿La vivienda de una persona rica? ¿Y si la librera, señora Barbara Page, fuera vieja, rica y gruñona?

Se miró las piernas y los pies. Sus botas camperas estaban recubiertas de un barrillo gris, y los bajos de su pantalón vaquero estaban empapados. Formidable. Tuvo la repentina, la horrenda visión de una librera vieja, rica, malhumorada, que la miraba con inquina, según estaba allí de pie, goteando, sobre el abrillantado suelo de la librería.

Imaginó un titular de prensa que decía:

ALUMNA DE SÉPTIMO CURSO ESTRANGULADA POR LIBRERA DE BEACON HILL EN ARREBATO DE CÓLERA.

E imaginaba un titular con letra más pequeña, debajo del anterior: «SALPICÓ BARRO SOBRE MIS VOLÚMENES RAROS», EXPLICA BARBARA PAGE.

Y finalmente, Anastasia se imaginó un tercer subtítulo periodístico, más pequeño, más funesto: «Homicidio justificable, dice el juez.»

—¡Échale mano a esa pata! —aulló de improviso una voz de hombre.

Anastasia brincó. Retrocedió, apartándose de aquella voz. Habría querido decir pierna, el muy grosero... ¿Pero a qué pierna pretendía echarle mano, a la derecha o a la izquierda? ¿Podría defenderse a patadas con la otra?

Entonces se dio cuenta de que la voz provenía de la trasera de un camión que tenía pintado en el lateral el título GRANDES MUDANZAS. Dos hombres forcejeaban con un pesado sofá verde. Recordó cuando su propia familia se había mudado de Cambridge, y que los mozos de mudanzas habían forcejeado de la misma manera para trasladar sus muebles. También habían dado gritos estentóreos. A decir verdad, habían gritado cosas peores que «Échale mano a esa pata», recordó.

Se detuvo y esperó hasta que los hombres, refunfuñando, acarrearon el sofá a través de la acera y por la escalinata de acceso a una mansión. Luego siguió caminando y, de improviso, se encontró con que había llegado a su punto de destino.

¡Vaya! No estaba en una vivienda. Era un establecimiento comercial auténtico, una librería de verdad, en el semisótano de un antiguo edificio de ladrillo. En el escaparate había un rótulo de madera tallada que decía *Pages*.

Aliviada, Anastasia se quitó el guante y empujó la puerta. Una campanilla instalada sobre ésta tintineó al abrirse, avisando de su entrada.

—Hola. Soy Barbara Page, y tú debes de ser Anastasia Krupnik. ¿Por qué no te quitas las botas? —dijo la librera—. Debes de tener los pies helados.

Anastasia dijo hola, se arrodilló y comenzó a desatarse los cordones de las botas. Tenía los pies helados en efecto, según pudo comprobar. Pero entonces comprobó otra cosa. Algo para morirse de vergüenza. Alzó la mirada.

—Es para morirse de vergüenza —dijo—; pero los calcetines que llevo puestos...

Barbara Page miró y se echó a reír.

—Uno es azul y otro marrón. Qué más da. Deja las botas ahí en el rincón y ven a la trastienda conmigo. Tengo unos emparedados.

Anastasia siguió a la mujer, sin dejar de mirar el establecimiento, abigarrado y lleno de color. Las librerías se contaban entre los lugares predilectos de Anastasia; hasta cabría decir que figuraban las primeras en la lista, o al menos empatadas en cabeza con las bibliotecas. Algunas veces pensaba que le gustaría vivir en una biblioteca, sin tener siquiera cocina; saldría a la calle para comer, y pasaría el resto de su vida rodeada de libros.

Pero quizá fuera todavía mejor vivir en una librería. Qué demonios, si era una la dueña de la librería hasta podía poner una cocina en la trastienda —ahora veía, al entrar en ésta, que Barbara Page tenía allí una cafetera, y una pilita— y no tendría que salir nunca para nada. Simplemente vivir rodeada de estanterías con libros cubriendo todas las paredes. Leer, leer y leer, y alguna vez que otra parar para tomar un bocado. Qué hermosa vida.

Y de pronto Anastasia empezó a sentirse muy feliz respecto a su profesión.

—¿Vive usted aquí? —preguntó.

Barbara Page asintió con la cabeza.

—Más o menos —dijo—. En realidad, mi marido y yo vivimos en las plantas de arriba. Yo no tengo más que bajar esa escalerita que ves allí, todas las mañanas... —señaló con el dedo, y Anastasia vio en efecto los primeros peldaños de una angosta escalera detrás de una puerta entornada—, ¡y *voilá!* Ya estoy en mi trabajo.

—Qué comodidad.

Barbara Page sacó unos emparedados que aguardaban en una bandeja de cartón. Sirvió coca-cola en dos vasos de plástico.

—Tienes razón —dijo—. Es una comodidad. Dime, ¿cómo está tu padre? Los libros de tu padre me encantan. ¿Está trabajando en uno nuevo?

Anastasia movió afirmativamente la cabeza.

—Sí, pero tardará mucho en terminarlo. Se encuentra justo en ese punto en que dice que va a quemarlo todo y a empezar una nueva profesión, tal vez como profesional en el tenis.

—No sabía yo que jugara al tenis.

—No, si no juega. Pero no importa, porque en realidad no va a dedicarse al tenis. Eso es sólo lo que dice cuando se encuentra en la mitad de un libro nuevo. Después de haber dicho eso, suelen transcurrir unos seis meses antes de estar terminado el libro.

—Toma. Come.

Barbara Page alargó a Anastasia medio emparedado de atún, y Anastasia tomó un bocado.

Sonó el teléfono sobre la desordenada mesa escritorio. La librera deglutió a toda prisa su bocado, descolgó y dijo:

—Pages, buenas tardes.

Anastasia escuchó mientras comía emparedado y bebía coca-cola. En realidad no era la suya una escucha indiscreta, supuso, porque al fin y al cabo estaba sentada allí, al lado del teléfono. Y de todos modos era una llamada comercial, conque era un buen medio de obtener información acerca de su futura profesión.

—Bien, señora Devereaux, créame que lo lamento de veras —decía Barbara Page—. Ha tenido unas críticas muy elogiosas, y yo pensé que era exactamente la clase de libro que a usted le gustaría.

Escuchó durante unos momentos, mirando a Anastasia con expresión muda, y luego prosiguió:

—Yo no lo llamaría baladí, señora Devereaux. El *New York Times* ha dicho que es demoledor y realista, pero lo consideran brillante. Y el autor ganó el premio Pulitzer el año pasado.

Por último, después de volver a escuchar un rato, dijo cortésmente:

—Claro que puede usted devolverlo. Lo anotaré en su cuenta. Me lo deja aquí la próxima vez que le pille de paso.

Después de colgar, suspiró.

—Esa mujer. Francamente. Compra libros, los lee y luego los devuelve y reclama su dinero. Podría ir a la biblioteca. Este es el tercero que devuelve desde septiembre. Y siempre los mancha de café, además, de modo que ya no puedo volverlos a vender.

Anastasia estaba atónita.

—¡Pero eso no es justo! —exclamó.

Barbara Page rió resignada.

—Son los gajes del oficio —dijo.

Mientras Anastasia se comía su emparedado y se bebía su coca-cola, oyó a Barbara Page contestar al teléfono tres veces más. La oyó decir a alguien:

—Yo no tengo casetes, lo siento. Pero podría usted mirar en Barnes & Noble.

74

Luego la oyó decir a otro comunicante:

—No tengo ese libro aquí, señor Phelps. Pero francamente, no creo que fuera el regalo de cumpleaños más acertado para su madre. Desde que la operaron de cataratas tiene dificultad para la lectura. Yo creo que tal vez un álbum de discos estaría mejor, al menos hasta que se le fortalezca la vista. Sé que le gusta mucho Bach. ¿Por qué no le lleva una grabación del *Magnificat?*

Y por último, al tercer comunicante, le dijo:

—¡Válgame! Si de eso hace ya años que se agotó la edición. Pero apuesto cualquier cosa a que podría encontrarlo usted en la biblioteca, señora MacDonald. O si desea adquirirlo podría mirar en alguna librería de segunda mano.

Después de la última llamada telefónica, Anastasia dijo:

—No quisiera pecar de entrometida ni nada de eso, pero ¿cómo hace usted dinero? A ver si me explico, mi padre dice que sirvió usted queso y vino a cuarenta y siete personas y solamente vendió tres libros, y ahora usted me dice que consiente que le devuelvan libros con manchas de café, y a otros les recomienda que compren discos, y los manda a otras librerías, y no comprendo cómo...

De pronto Anastasia se puso a curiosear, a través de la puerta abierta, la librería propiamente dicha. Tenía exactamente el aspecto que, en opinión de Anastasia, toda librería que se precie debe tener: todas las paredes cubiertas de estanterías hasta el techo, exuberantes de color con las polícromas cubiertas de las novelas, y en un rincón alcanzó a ver una mesa y sillas bajitas para niños al lado de los estantes donde se alineaban los libros infantiles. Encima de la mesa, barnizada de amarillo vivo, había un libro profusamente ilustrado, abierto por una página en la que se veían conejos con zapatillas deportivas corriendo por un camino campestre.

Pero faltaba algo.

Observada curiosamente por Barbara Page, Anastasia se ajustó las gafas, frunció el entrecejo y escudriñó con atención a través de la puerta, tratando de colegir lo que faltaba.

Por último se volvió hacia la librera.

—No hay clientes —dijo, desconcertada.

Barbara Page se encogió de hombros, sonriendo.

—A veces los hay —dijo—. Nunca demasiados, de todas formas, me temo yo.

—¿Pero cómo saca usted para vivir? ¿Cómo paga el alquiler? —preguntó Anastasia.

Una voz de hombre interrumpió su conversación.

—¿Barb? —llamó desde la escalera.

—¿Qué ocurre, cariño mío? —respondió la librera.

—¿Dónde está el *Wall Street Journal* de ayer? —inquirió el hombre.

—Encima de la mesa de tu despacho. Lo dejaste allí anoche —respondió Barbara Page. Luego se volvió de nuevo hacia Anastasia con una sonrisa tímida—. Así es como pago el alquiler. No hay ningún alquiler. Somos los dueños de todo el edificio… mi marido y yo.

—Oh.

—Pareces decepcionada.

—No —dijo Anastasia—, decepcionada no. Sólo

desconcertada. A ver si me explico, me alegro de que tenga usted marido (da la impresión de que es un buen tipo), y conozco a montones de mujeres profesionales que están casadas. Mi madre, por ejemplo.

—¿Por qué estás desconcertada, entonces?

—Bueno, ¿qué ocurrirá si cuando sea mayor y comience mi profesión no tengo un marido que sea propietario de un edificio en el que poder instalar el negocio para ejercer mi profesión?

—Entonces —dijo Barbara Page con resolución—, trabajarás de firme, y prosperarás, y podrás comprar tu propio edificio. Apuesto a que llegado el caso serías capaz de comprar dos o tres edificios, Anastasia. Tienes pinta de trabajadora incansable. Toma, come patatas fritas.

Anastasia tomó una y la hizo crujir entre los dientes. Se puso a pensar en la cuestión. Era verdad que era una trabajadora incansable. Probablemente sería una librera con éxito. Qué demonios, probablemente terminaría por ser dueña de rascacielos.

Pero sería de bastante ayuda, lo comprendía bien, casarse con alguien que también fuese propietario de edificios.

—¿Sabe lo que le digo? —dijo a Barbara Page—. Creo que voy a dejarme abierta la posibilidad de elección.

—¿Qué quieres decir exactamente?

—Bueno, yo quiero ser una persona independiente y todo eso, y una trabajadora incansable, y una librera con éxito que compra rascacielos, pero...

—Pero ¿qué?

78

—Pero si resulta que entre tanto me enamoro de un hombre muy rico, quiero estar preparada. Quiero tener aplomo y confianza en mí misma y buen porte y sentido de la elegancia, porque un futuro marido rico probablemente no se dejaría encandilar por estos pantalones vaqueros y estos estúpidos calcetines de distinto color, ¿no cree? Pero estoy ya siguiendo un curso... no le había hablado de ello todavía, pero estoy siguiendo un curso de... Oh, madre mía, ¿qué hora es? —Anastasia se subió la manga del jersey y miró el reloj—. ¡Es ya casi la una! ¡Tengo que irme! ¿Será posible? ¡Qué barbaridad!

—Mira, esto ha resultado muy agradable, Anastasia. Me alegro de que te enviara tu padre. Aquí se siente una sola algunas veces. Lamento que no puedas quedarte un rato más.

—Pero... —Anastasia miró a Barbara Page con consternación.

—Pero ¿qué?

—¡He olvidado hacer la entrevista! —gimió Anastasia.

—Pues vuelve otro día.

—¿Puedo volver?

—Por supuesto que sí. No mañana, porque los martes tengo aquí a un grupo de notables para almorzar y charlar de libros, y, vamos a ver, el jueves no es buen día porque vienen los chiquillos de la escuela infantil de ahí al lado a pasar una hora viendo cuentos...

—¿Compran libros? ¿Hay alguno que compre libros?

Barbara Page se echó a reír.

—Alguna vez que otra. Pero les encantan los libros; eso es lo que importa. Ven el miércoles, ¿vale?

—Vale. Vendré. Y haré la entrevista, desde luego. Y aún más que eso...

—Más que eso ¿qué?

—Compraré un libro —le aseguró Anastasia—. Eso es. Y mientras tanto, pensaré a fondo en mi proyecto.

Anastasia Krupnik

MI PROFESIÓN

Aunque seas una buena persona y ames la profesión que has elegido, y aunque estés casada y seas dueña, junto con tu marido, del edificio donde tienes establecido un negocio para ejercer tu profesión, de todos modos a veces es importante tener sentido del negocio y no transigir con ciertas cosas.

No puedes consentir que la gente te salpique el género de café.

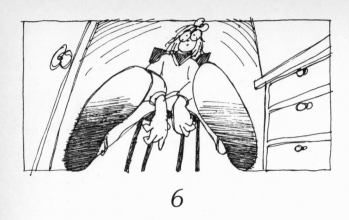

6

PARECES cansada —dijo la señora Krupnik cuando Anastasia entró por la puerta de atrás y se dejó caer en una silla de la cocina sin quitarse la chaqueta.

—Lo estoy —respondió Anastasia—. Estoy molida. Eh, papá, ¿se puede saber qué estás haciendo?

Su padre estaba sentado a la mesa de la cocina con un montón de revistas ilustradas y unas tijeras. Torció el gesto.

—Estoy haciendo los deberes escolares de Sam. ¿Cómo se les ocurre mandar a un crío de tres años que recorte camiones cuando ni siquiera sabe manejar las tijeras? —el doctor Krupnik volvió una página, frunció el ceño ante una ilustración que representaba un camión de mudanzas y cogió las tijeras—. ¿Cómo se te ha dado el día? Espero que no te hayan puesto deberes que no sepas hacer.

—Ha sido un día estram... —Anastasia se interrumpió. Recordó lo mucho que disgustaba a su padre la palabra «estrambótico»—. Ha sido un día como hay pocos —dijo—. No, no me han puesto deberes. Me han recomendado ejercitar la ponderación y el aplomo, eso es todo. Y hablar con claridad mirando a los ojos a las personas con quienes hablo.

Su padre, enarcadas las cejas, recortaba cuidadosamente los neumáticos del camión de mudanzas.

—No me mires a mí a los ojos mientras hago esto —dijo—, o lo estropearé.

—Y a mí no me mires a los ojos mientras bato estas claras —dijo su madre—, o dejaré la batidora demasiado tiempo y echaré a perder el merengue —puso en marcha la batidora eléctrica.

Anastasia se encogió de hombros y empezó a quitarse la chaqueta.

—Fenomenal —dijo—. ¿Dónde anda Sam? Miraré a los ojos a Sam.

—Aquí estoy —se oyó vocear a Sam desde algún lugar invisible—. Debajo de la mesa.

—¿Qué haces debajo de la mesa? —preguntó Anastasia. Levantó la punta del mantel, escudriñó y vio a su hermano allí acurrucado.

—Jugando al hombre de las cavernas —respondió Sam, feliz.

Anastasia se arrodilló y metió la cabeza debajo del mantel.

—Mírame a los ojos, Sam —ordenó.

Sam miró a su hermana sin pestañear.

Anastasia le miró a él de igual modo. Fijó los ojos

en los suyos y habló pronunciando las palabras con precisión.

—Eso del hombre de las cavernas es un juego estúpido —dijo—. Menudo aburrimiento, estar debajo de una mesa.

—Sí, ya lo sé —dijo Sam—. Ya salgo —y salió a gatas de su caverna.

—¿Y sabes otra cosa que también es aburrida? —dijo el doctor Krupnik, dejando las tijeras y acariciándose la barba—. Recortar camiones. ¿Hay ya bastantes, Sam? He recortado ocho.

Sam miró los camiones recortados de las revistas.

—Vale —dijo.

—Menos mal —dijo su padre—. Anastasia, mírame a los ojos, por favor, y ejercita el aplomo.

Anastasia miró a su padre a los ojos. Echó bien hacia atrás los hombros.

—Bien —dijo él—. Ahora me encantaría que fueses al frigorífico y me trajeras una cervecita bien fría. Luego quiero que me cuentes cómo has pasado la jornada.

—Ahora mismo va —dijo Anastasia pronunciando clara y distintamente las palabras.

—Bien, una cosa buena por lo menos —dijo Anastasia una vez que su padre hubo abierto su cerveza y tomado un sorbo—. Tengo una amiga nueva. Una chica, pero se llama Henry. En realidad es Henrietta, pero si la llamas eso te juegas la vida.

—Yo conocí una vez a una chica con nombre de chico: Stevie —dijo su madre. Había extendido el merengue sobre una tarta de limón y la estaba

84

metiendo en el horno—. Creo que su nombre real era Stephanie, probablemente, pero a ella le gustaba que la llamaran Stevie.

—Yo en la guardería conozco a una chica que se llama Nicky —dijo Sam—, pero la odio.

—No digas «odio», cariño —le reconvino la señora Krupnik—. Es correcto decir que no te importa gran cosa, pero «odio» es una palabra que no está bien.

Sam puso cara de enfado.

—Yo en la guardería conozco a una chica que se llama Nicky —repitió—, y me importa tan poca cosa que me gustaría atropellarla con un camión grandísimo.

La señora Krupnik graduó la temperatura del horno.

—Bueno —dijo—, ésa es una forma un poquitín mejor de expresarlo, me figuro yo.

—Sigue, Anastasia —dijo su padre—. Más cosas sobre tu jornada de hoy.

Anastasia les habló de Bambie y de su monólogo de *Romeo y Julieta*. Sus padres reían y reían sin parar.

—En la guardería siempre vemos *Bambi*, en el vídeo —prosiguió Sam—. Es mi favorito. Me gusta más que todos los otros vídeos, sin contar *Dumbo*.

—Bambie con «e» —le recordó Anastasia—. No el ciervo Bambi.

—¿La odias? —preguntó Sam—. Digo, ¿no te importa gran cosa?

Anastasia frunció el entrecejo.

—Así es en efecto, me parece a mí. Bambie no me importa gran cosa.

Luego les habló de Helen Margaret.

—¿No te importa gran cosa? —preguntó Sam.

—Es buena chica —dijo Anastasia—. Creo que estoy preocupada por ella. Me parece que en lo del aplomo va a suspender. Es incapaz de mirar a la gente a los ojos. No es nada fácil eso de mirar a los ojos a la gente. Pero si te esfuerzas terminas por conseguirlo.

—Para mí es muy fácil —dijo Sam—. Mírame —se acercó hasta la silla de Anastasia y se inclinó hacia adelante hasta que su frente tocó la de ella, y estuvo un buen rato mirándola sin pestañear—. ¿Lo ves? Yo puedo hacerlo.

—Claro que sí —le dijo Anastasia—. Pero Helen Margaret no puede. Lo intenta, pero aparta en seguida la mirada y la fija en el suelo.

—Da la impresión de que es terriblemente tímida —dijo la señora Krupnik—. Tal vez al final de la semana se haya soltado un poco.

—Así lo espero —dijo Anastasia.

Luego les habló de Robert Giannini.

—¿Robert Giannini? —dijo la señora Krupnik—. No puedo creer que Robert Giannini se haya matriculado de verdad en una escuela de modelos. ¡Era un chico tan excéntrico, sin embargo! Supongo que no debería sorprenderme por nada que él haga.

—¿A ti ese chico no te importa gran cosa? —preguntó Sam.

—Has acertado, Sam —dijo Anastasia, riendo—. Me importa tan poco Robert Giannini que ojalá que el estirón que dice que aún tiene que dar funcionara al contrario y le hiciera menguar y menguar hasta que desapareciese.

—Recuerdo, Anastasia —dijo su madre—, que

hubo un tiempo, cuando estabas en sexto, que de alguna manera te gustaba Robert Giannini. Era algo así como tu novio.

Anastasia profirió un ay lastimero.

—Mami —dijo—, yo era pequeña entonces. Y carecía totalmente de ponderación y de aplomo.

—Bueno —dijo el padre de Anastasia—, toda esa experiencia del curso de modelo es interesante, pero a mí me gustaría saber algo de tu entrevista con Barbara Page.

—¿No podríamos comer antes? Estoy que me muero de hambre. Y además, el asunto es complicado. Barbara Page es una persona tremenda, papá. Es probablemente una de las más bellas personas que he conocido en mi vida. Es... bueno, ¿cómo llamarías a alguien que ama a todo el mundo y quiere hacer feliz a todo el mundo y no le importa desprenderse de lo que sea a fin de conseguirlo?

—Generoso —sugirió la señora Krupnik.

—Desprendido —sugirió el doctor Krupnik.

—Que no —dijo Sam—. Yo sé lo que llamarías a esa persona porque en el cole hay un cuento que lo dice. Se llama «Una persona con un corazón de oro».

Anastasia se quedó mirando a Sam. Hizo un gesto afirmativo.

—Eso —dijo—. Así es como Barbara Page debería haber denominado su librería.

—Cuéntamelo todo. Quiero saber hasta el último detalle. Y otra cosa, ¿qué tomó anoche de postre tu familia? —Sonya Isaacson estaba al teléfono.

Anastasia soltó una risita.

—Tarta de merengue al limón. A Sam le ha dado ahora por el esquí, así que pidió a mamá que hiciese un postre que pareciera nieve. Ella consideró la Alaska al horno, pero eso es demasiado complicado de hacer, de manera que optó por la tarta de merengue al limón. ¿Por qué?

Sonya suspiró.

—Esta semana estoy yendo a la Clínica de Pérdida de Peso. Menudas vacaciones, ¿eh? Tengo que pesarme a diario, y apuntar todo lo que como, pero no vayas a creer, porque solamente me dejan tomar porciones diminutas de cada cosa, ¿y sabes lo que tomé de postre? Media manzana. Cuéntamelo todo.

—Bien, veamos, tomé el autobús, y llegué allí a las nueve y cuarto, y...

—No, espera. No me refería a la escuela de modelos. Por supuesto que deseo saber cosas de la escuela de modelos. Pero quería decir, antes que nada, cuéntamelo todo acerca de la tarta de merengue al limón, hasta el último detalle.

Anastasia estaba sentada en la cama, en pijama, cepillándose el pelo.

—*Frank* —dijo a su carpa dorada—, mañana es el Día de la Peluquería de Estilo en mi curso de modelo.

Frank dijo «oh» silenciosamente.

—Si tú fueses de los que se emparejan, *Frank,* en vez de ser un solitario, ¿preferirías una hembra con el pelo corto o largo?

Frank la miró impertérrito.

—¿Rizado o liso? —preguntó Anastasia, pasándose a fondo el cepillo por la melena.

88

El pez siguió mirando y dio unas sacudiditas con la cola.

—¿Estilo *punk,* tal vez? Pero no querría teñírmelo de colores raros. Una vez vi a aquella chica con el pelo teñido de naranja. ¡Era tan chabacano!

Miró al pez, y él le devolvió la mirada con desconsuelo.

—Lo siento, *Frank* —se disculpó Anastasia—. Había olvidado que tú eres de color naranja. Pero si vamos a mirar, es un color fetén para un pez de tu especie.

Frank agitó felizmente la cola.

—Además —prosiguió Anastasia—, si fueras un pez casado, *Frank,* ¿cómo te sentaría sostener financieramente a tu esposa en su profesión? Papá dice que yo probablemente me sentiría más feliz si fuera independiente y tuviera muchas ganancias, y ha dicho que no hay razón para que no pueda conseguirlo como propietaria de una librería, y que quizá fue una equivocación suya mandarme para hacer una entrevista a la librera que me mandó, aun cuando Barbara Page es una señora formidable... ¿*Frank?* ¡No me escuchas!

Frank formó con la boca un «Ooooooh» grandísimo. «Si supiese hablar en voz alta —pensó Anastasia—, pronunciaría muy claramente las palabras.» Y sin duda alguna miraba directamente a los ojos. Una cosa sí tenía aquel bueno de *Frank*, desde luego: tenía aplomo.

Anastasia Krupnik

MI PROFESIÓN

Un marido rico no es una necesidad para una librera.

Pero si no se tiene un marido rico, probablemente no es una buena idea tener un corazón de oro. Es necesario, según cierta persona a la que he entrevistado [*], tener un corazón de acero. Hay que aprender a decir que no a la gente que pretende devolver libros con manchas de café, y hay que vender libros a personas que estén mal de la vista aunque estas personas prefieran discos, y no se pueden servir almuerzos todas las semanas a grupos de notables.

Es oportuno, sin embargo, servir vino y queso a cuarenta y siete personas que acuden a conocer a un poeta de discreto renombre.

[*] Myron Krupnik, doctor en Letras, poeta de discreto renombre.

7

NO os quitéis los abrigos —dijo Tía Vera a las cuatro chicas y a Robert Giannini cuando llegaron a la Academia Fascinación el martes por la mañana—. Para la Peluquería de Estilo vamos al otro lado de la calle.

—Al otro lado de la calle —musitó Henry Peabody a Anastasia— hay un restaurante chino. Si creen que van a hacer sopa china con mi pelo, más les valdrá que se lo piensen dos veces.

—Yo siempre me pongo espuma en el pelo —anunció Bambie Browne en voz alta—. Le da cuerpo y lustre.

—¿Ilustra el cuerpo? —preguntó Henry con voz inocente.

Bambie la fulminó con la mirada.

Helen Margaret miró a través de los mechones del flequillo y no dijo ni media palabra.

—Yo me quedaré aquí y atenderé el teléfono —anunció Tío Charley, y acomodó su voluminosa humanidad en la silla que había ante la mesa de recepción. La víspera no había sonado el teléfono ni una sola vez. Pero Anastasia comprendía muy bien por qué no quería participar Tío Charley en lo de la peluquería de estilo. Tío Charley no tenía pelo. Ni un solo pelo en la cabeza.

Tía Vera, echándose sobre los hombros un deslucido abrigo de piel sintética, los precedió por la escalera abajo. Guió a las cuatro chicas, con Robert Giannini y su cartera cerrando la marcha, y les hizo cruzar la calle, pasar por una puerta contigua al restaurante chino y subir un tramo de escaleras, hasta entrar finalmente en un salón de belleza,

No era muy diferente de la Academia Fascinación: las mismas luces fluorescentes, el mismo piso cutre de linóleo. Pero las paredes estaban pintadas de rosa y decoradas con carteles de modelos de peinado. Había una hilera de lavabos, cada uno con su silla de vinilo, y una hilera de secadores.

Y había tres mujeres, entradas en años, con blusas color de rosa. Parecían trillizas: trillizas de pelo cano.

Una vez, recordaba Anastasia, había leído que existía un lugar especial adonde iban a morir todos los elefantes viejos. Los elefantes caminaban cientos de kilómetros, a través de las sabanas africanas, cuando envejecían, con el fin de morir en ese lugar especial y secreto.

Jamás se le había ocurrido pensar que pudiese haber también un lugar secreto especial, encima de un restaurante chino de Boston, para ancianas empleadas de salón de belleza. Se las imaginaba en lejanas ciudades —Cleveland, Phoenix, Boise— constatando que había llegado la hora, haciendo la maleta con sus rulos de plástico, sus cepillos, sus peines, e iniciando la travesía del país en su largo y último viaje al lugar donde las empleadas de salón de belleza iban a morir.

Anastasia se llevó nerviosamente la mano a su gorro de punto. Casi le daba miedo quitárselo.

—Ajajá —dijo Tía Vera alegremente—. Colgad ahí los abrigos. Helen Margaret, Bambie y Robert: que empiecen con vosotros. ¿Henry y Anastasia? Vosotras podéis sentaros allí a esperar.

Anastasia observó con cierta satisfacción que Robert y Bambie parecían tan nerviosos como ella. Helen Margaret, por supuesto, parecía nerviosa en todo momento, así que su aspecto no había cambiado.

Vio a Robert sentarse receloso en una de las sillas de vinilo color de rosa. Llevaba la cartera consigo y la colocó sobre las rodillas, de suerte que una de las mujeres la cubrió —y a la mayor parte de Robert también— con un gran peinador de plástico que ató por detrás en la nuca como un babero. Anastasia se quitó las gafas y las puso cuidadosamente sobre el mostrador de recepción.

—Supongo que querrán arreglarme las patillas —dijo Robert en voz alta y asustada—, pero ya verán que mis patillas no están muy bien configuradas todavía porque mi pelo facial es aún bastante ralo y...

Se vio cortado en mitad de la frase porque la peluquera, en un sorprendente alarde de destreza manual,

94

había accionado un resorte que hizo inclinarse la silla hacia atrás. Robert pasó de pronto de la vertical a la horizontal; sus pies, con sus zapatos de piel y cordones como los llevan los señores mayores, salieron proyectados hacia adelante, y su cabeza desapareció dentro del lavabo. La peluquera abrió el grifo y empezó a rociarle con el agua que salía de una pequeña manguera de goma.

—Fíjate, oye —anunció Henry Peabody—. Le ha ahogado. Y a su pelo facial con él.

Helen Margaret sufría en silencio una suerte análoga. También se hallaba en posición horizontal, bajo otra manguera.

Bambie, en cambio, arrostraba su suerte con un monólogo y gestos declamatorios.

—Aguarde, por favor —decía—. Quiero asegurarme de que ha comprobado que el color de mi pelo es natural: este color rojo (y accionaba describiendo una curva con la mano para indicar su cabeza) se ha sucedido a través de generaciones en mi familia. Pero los rizos están creados con unos rizadores especiales que he mandado traer expresamente de un lugar de Calif...

Entonces Bambie, todavía parloteando, fue basculada hacia atrás, y sus rizos especialmente creados desaparecieron en el lavabo.

Anastasia y Henry observaban con atención mientras que Tía Vera iba y venía, escudriñando en los lavabos donde Robert y Bambie sufrían su lavado de cabello. Luego fue a pararse junto a la señora que se encargaba de Helen Margaret.

—Ésta es una con verdaderas posibilidades —oyó

Anastasia a Tía Vera decir en voz baja a la señora mayor que frotaba el pelo de Helen Margaret lleno de champú—. Quiero vigilar especialmente a ésta cuando empiecen con el corte.

—¿Verdaderas posibilidades? —murmuró Henry con voz queda, sorprendida—. ¿Posibilidades para qué? ¿Miss América Nerviosa?

—Shhhhhh —chistó Anastasia, ahogando la risa. Dio un achuchón a Henry—. Mira. Fíjate en Robert.

A Robert Giannini le habían enderezado de nuevo en su silla y le habían enrollado una toalla a la cabeza como un turbante. Sin sus gafas, y con turbante, Robert había quedado transformado. Tenía un aspecto... bueno, pensó Anastasia, tenía un aspecto casi romántico. Recordó una vieja película, *Lawrence de Arabia,* protagonizada por Peter O'Toole. Eso era lo que parecía Robert: Giannini de Arabia.

Pero tras haber restregado vivamente su cabeza, la señora mayor retiró la toalla turbante y entregó a Robert sus gafas. Él se las puso y miró con curiosidad. Tenía el pelo mojado, todo tieso y de punta. De aspecto romántico, nada de nada. Era simplemente Gianninesco, sólo que en peor.

Anastasia reparó además en el apuro que daba ver a un chico con el pelo mojado. En una piscina, bueno. Es lo que cabía esperar en una piscina. Pero en un salón con paredes color de rosa, resultaba estrafalario, y embarazoso, como si acabara de salir de la ducha o algo así. Apartó la mirada mientras la peluquera conducía a Robert a otra silla distinta.

Henry había cogido un número atrasado de *Vogue* y estaba hojeándolo.

—Mira —dijo, y señaló la imagen de una alta y elegante mujer negra que llevaba un vestido de noche amarillo de gasa, muy ligero—. ¿Tú crees que yo podría llegar a ser alguna vez una modelo como ésa?

Anastasia examinó la fotografía. Luego estudió a Henry Peabody. El pelo de Henry recordaba el estropajo que usaba su madre para fregar perolas y sartenes, y lo llevaba sujeto con unos pasadores verdes en forma de mariposas. Llevaba un suéter que le venía grande, pantalón vaquero y unos zapatos deportivos de lona mugrientos. Pero tenía la cara delgada, los ojos muy grandes y una sonrisa preciosa. Y era muy alta, más alta que Anastasia, que medía uno setenta y cuatro.

—Sí —dijo Anastasia—, yo creo que podrías.

—¿Qué ocurriría si me presentara en casa esta noche con un aspecto así? —dijo Henry, riéndose—. A mi madre le daría un ataque al corazón. Vamos, que si yo fuera a casa con una pinta como ésa ya podías empezar a marcar el 911 de ambulancias para que mandaran una para llevarse a mi madre.

—¿Dónde vives?

—En Dorchester. Me lleva sólo unos veinte minutos el llegar allí en el T.

El T era el metro de Boston. Anastasia asintió con la cabeza.

—Yo vengo en autobús —dijo—. Robert viene en el T, en cambio. Vive en Cambridge. Yo antes vivía cerca de él.

Echó una mirada a Robert y guiñó un ojo.

—Eh, mira —dijo a Henry.

Robert continuaba envuelto en el peinador de plástico, pero su aspecto había cambiado. Su mata de pelo rizado había sido configurada y convertida en algo más liso y suave, más sofisticado. Él se miraba atónito en el espejo mientras la señora mayor le rapaba el cogote con una maquinilla de afeitar eléctrica.

Junto a él, Bambie abrumaba con su cháchara a la mujer que le cortaba el pelo.

—Debía haberme traído mi espuma —decía Bambie—. ¿Tienen ustedes espuma? La necesito de veras, créame, para que me dé cuerpo y lustre.

—Ten la cabeza quieta —ordenó la mujer—, o te vas a clavar la punta de estas tijeras hasta la yugular.

Junto a la tercera silla, Tía Vera observaba atentamente cómo la tercera peluquera daba tijeretazos al pelo moreno de Helen Margaret.

—Las orejas son primorosas —dijo Tía Vera—. Quiero que le dé forma con cuidado de que esas orejas se vean.

¿Orejas primorosas? Anastasia no había oído en toda su vida considerar la posibilidad de que las orejas fueran primorosas. Las orejas eran necesarias, y punto. Sin orejas no podías oír. Pero jamás se le había ocurrido que valiese la pena contemplarlas.

Sin embargo, mirando bien, pudo ver que Helen Margaret tenía unas orejas pequeñas y perfectamente formadas. Antes quedaban ocultas por la espesura de pelo moreno que también cubría la frente y la mayor parte de la cara.

Ahora su flequillo de largos y sueltos mechones había desaparecido. En su lugar había quedado un flequillo igualado y liso sobre las cejas. El resto de su cabellera mojada estaba peinada suavemente hacia atrás mientras la mujer iba cortando cuidadosamente con sus relucientes tijeras. Anastasia podía ver la cara de Helen Margaret por primera vez. Podía ver el cutis pálido, casi translúcido, y un par de ojos azul intenso, con largas pestañas, que miraban tímidamente al espejo mientras la mujer trabajaba.

Helen Margaret era guapa. Anastasia se daba cuenta de ello con asombro, y en seguida dio un empujoncito a Henry y se lo dijo en un susurro.

—Helen Margaret es guapa.

Henry levantó la vista del semanario ilustrado, donde continuaba estudiando a la mujer negra del vestido amarillo.

Henry miró con atención.

—Santo... —comenzó, y luego quedó en silencio. Finalmente musitó—: Como un cuadro. Es lo mismo que un cuadro del museo. ¡Agárrate! Ésa no va a ser una Miss cualquiera. Vaya con Helen Margaret, ¡podría ser Miss Universo!

Robert, a quien ya habían secado el pelo, estaba leyendo la revista *Esquire*. Bambie estaba bajo un secador, con su roja pelambre enrollada en millones de rulos de plástico. Helen Margaret, seco y reluciente el cabello, peinado en forma de pequeña cofia redonda, estaba sentada silenciosamente en el rincón, los ojos en el suelo y las manos enredando nerviosas con las largas mangas de su suéter marrón oscuro. Pero Anastasia observó que, de vez en cuando, Helen Margaret levantaba la vista y miraba al espejo del lado opuesto del salón con una expresión entre asombrada y complacida.

Ahora Anastasia y Henry estaban en los sillones de peluquería. Les habían puesto peinadores, les habían basculado hacia atrás y les habían lavado el pelo.

—¿Había usted cortado alguna vez el pelo a una negra? —preguntó Henry a la peluquera con suspicacia.

—Negras, verdes, moradas, a mí todo me da igual —dijo la señora mayor—. ¿Cómo quieres a ésta, Vera?

Tía Vera estaba mirando la cabeza de Henry desde distintos ángulos. Anastasia se sentía un poquitín celosa. Deseaba que Tía Vera la estudiase a ella y la hiciera sentirse especial. Pero Tía Vera sólo se había detenido junto a su silla un momento para decir:

—Ésta necesita un buen entresacado y algo de forma. Pruebe a ver justo por debajo de las orejas.

¡Pues vaya! Anastasia habría esperado oír lo de orejas primorosas.

Ahora Tía Vera sostenía la cara de Henry entre las manos y la inclinaba a un lado y a otro.

—Henry, cielo —dijo al cabo de un momento—, ¿qué te parecería algo espectacular? ¿Estarías dispuesta?

Henry puso una cara muy risueña. Le bailaban los ojos.

—Llegó el momento, mamá —dijo—. El ataque al corazón. Desde luego que sí, vamos por lo espectacular.

Tía Vera hizo un gesto afirmativo, complacida.

—Quítaselo todo —dijo a la peluquera que aguardaba allí con las tijeras en suspenso.

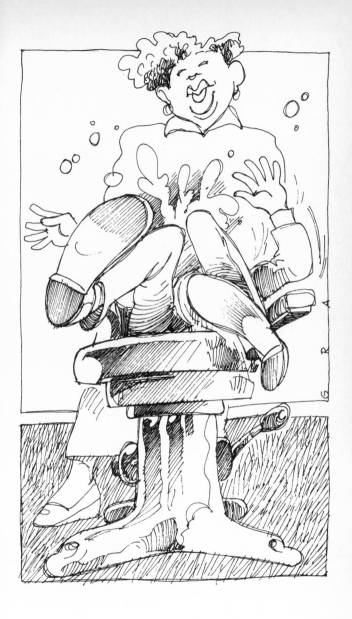

MI PROFESIÓN

Hay cantidad de cosas traumáticas por las que tienes que pasar a fin de conseguir el aplomo y el porte que hacen falta para ser una librera con éxito.

Primero, tienes que aprender a mirar a la gente directamente a los ojos y a hablar con claridad. Esta aptitud te vendrá muy bien cuando alguien pretenda devolverte un libro con manchas de café. Sabrás mirarle a los ojos y decirle con claridad: «Este libro tiene manchas de café, señor mío. Por supuesto que no voy a devolverle el dinero.»

Después, tienes que llevar el pelo arreglado de modo que parezcas una persona distinta y más atractiva. Si alguien quiere comprar un libro que cuesta treinta y cinco dólares probablemente no se lo comprará a una persona con el pelo largo y suelto. Así que aunque siempre te hayas sentido a gusto con el pelo largo y suelto, necesitas que te lo corten y arreglen con arte.

8

A ver, atención todo el mundo —anunció Anastasia a su familia aquella tarde—, quiero que os sentéis todos en hilera, aquí en el sofá. Enciende esa luz, mamá. La iluminación tiene que ser adecuada.

La señora Krupnik se inclinó y accionó el interruptor de la luz. Escudriñó a Anastasia.

—¿Llevas colorete? —inquirió, recelosa—. Te encuentro las mejillas de un sonrosado alarmante. O llevas colorete o es que tienes fiebre.

—¿Por qué tienes puesto el gorro todavía? —preguntó Sam—. Uno debe quitarse el gorro cuando entra en la casa.

El doctor Krupnik miró su reloj.

—¿Cuánto tiempo tenemos que estar aquí sentados, Anastasia? Quiero ver las noticias de deportes. El Celtics ganó anoche.

Anastasia le fulminó con la mirada.

—¿Qué es más importante, papá —preguntó—, el Celtics de Boston o el aspecto personal de tu propia hija de trece años?

Él abrió la boca para hablar.

—No contestes a eso —se apresuró a decir Anastasia, recordando la pasión de su padre por el Celtics.

Aguardó hasta que los tres —madre, padre y hermano— estuvieron confortablemente acomodados en el sofá. Luego se llevó la mano al gorro de esquí.

—¡A las tres! —dijo, y se quitó el gorro de golpe.

Sam puso una cara muy risueña y comenzó a palmotear. Su madre la contempló llena de pasmo.

—¡Válgame el cielo! —exclamó el doctor Krupnik—. Te pareces a uno de los Beatles, allá cuando eran jóvenes.

—Papáaaaaa —gimió Anastasia.

—A mí me encantaban los Beatles hace veinte años —añadió rápidamente su padre—. Los vi actuar en *The Ed Sullivan Show* por la tele. Me pareció que tenían una estampa impresionante. Y tú también la tienes, Anastasia.

—De verdad que sí, Anastasia —dijo su madre—. Es un corte de pelo fabuloso. Me pregunto por qué no se me habrá ocurrido nunca que llevar el pelo corto te favorecería tanto. Dios bendito, si pareces...

—¿Mayor? —inquirió Anastasia esperanzada.

—Pues sí. Francamente mayor.

—¿Más guapa?

Anastasia se alisó el nuevo corte de pelo con las manos.

Su madre asintió con la cabeza.

104

—Más guapa. Por supuesto que a mí siempre me has parecido guapa de todos modos.

—Y yo también —dijo Sam—. Yo siempre he sido guapo también, ¿verdad? Tengo unos rizos muy bonitos.

Anastasia no hizo caso a su hermano, pasaba su mano por su pelo rizoso.

—Pensé que tal vez querrían hacerme una permanente, mamá —dijo—, y ya estaba preparándome mentalmente para el pelo ondulado. Pero Tía Vera, que es la que dirige el curso, se dio cuenta de que yo no era el tipo de persona al que le va bien el pelo rizado. Y tenía razón, ¿no, mamá? ¿Ves cómo cae todo liso? Me parece que me da un aire interesante.

—Ya lo creo que sí —convino su madre—. Me gusta la forma en que cae hacia adelante ahí, sobre las orejas.

—Por favor —dijo el doctor Krupnik—, ¿puedo ir ya a ver las noticias de deportes?

Durante la cena, Anastasia describió la sesión de peluquería de estilo.

—¿Esa chica Bambie? ¿La que termina con «e»? Empezó con pelo rojo rizado y concluyó con pelo rojo rizado, y no había cambiado en absoluto. Pero lo que es yo, ¡mirad cómo he cambiado!

Todos dieron cabezadas de asentimiento.

—¿Podrías servirme un poco más de café, Katherine? —dijo el padre de Anastasia—. Voy a quedarme hasta muy tarde, corrigiendo exámenes, conque quizá no me venga mal una dosis extra de cafeína.

—¿Y realmente tienes que trabajar toda la velada?

—preguntó la señora Krupnik mientras añadía café en la taza de su esposo—. Quería que vieses *Nova* conmigo. Es todo sobre creatividad.

—¿Y Robert? ¿El estúpido de Robert Giannini? Estaba muy nervioso porque no tiene todavía pelo facial. Y parecía un adefesio, cuando le dieron el champú, porque te ponen un peinador muy grande, y tienes que estar allí echado de espaldas con los pies en alto, pero...

—Discúlpame, ¿quieres? —su padre se levantó—. Todo eso es fascinante, Anastasia. Pero de veras que tengo que ir y ocuparme de esos exámenes. Procuraré sacar una horita para *Nova,* Katherine —y puso rumbo a su despacho con la taza de café en la mano.

—¡Y esa chica Helen Margaret! Mamá, antes llevaba todo el pelo por la cara, así que ni siquiera se podía saber qué cara tenía. ¡Vamos, que podría haber tenido una cara llena de granos y no lo habría sabido nadie! ¡Pero no era así! Le cortaron el pelo bien corto, y de golpe y porrazo parecía... bueno, déjame que piense, Isabella Rossellini tal vez. ¡Eso es belleza y lo demás es tontería! Todavía mantiene baja la cabeza y no habla mucho, pero se nota que le gusta de veras el aspecto que tiene, mamá. No hace más que mirarse al espejo con disimulo y sonreír...

—¿Me disculpáis? —preguntó Sam, que no podía estarse quieto en su silla—. Quiero jugar con los camiones.

La señora Krupnik asintió con la cabeza, y Sam se largó con viento fresco.

—Y espera que te diga una cosa, mamá. ¿Mi amiga Henry? ¿La amiga de la que os hablé?

106

—¿Es colorete eso, Anastasia? Dime la verdad —su madre miraba con suma atención la cara de Anastasia.

—Sólo una pizquita. Por la tarde hicimos maquillaje. Todos excepto Robert y Bambie. ¿No te había contado eso? —dijo Anastasia entre risas ahogadas—. Robert y Bambie tuvieron que pasar al otro cuarto para la Orientación Dietética. Naturalmente que Robert no habría hecho maquillaje de todos modos; ya te digo que es un adefesio, pero no hasta el extremo de ponerse maquillaje. Pero, mamá, las delgadas, Helen Margaret, Henry y yo, pasamos a maquillaje, y los otros, Robert y Bambie, tuvieron que asistir a una conferencia sobre dieta y ejercicio. Dada por Tío Charley, pásmate, ¡uno de los hombres más gordos del mundo!

—A mí eso me parece de un rosa exagerado, Anastasia. No creo que debas llevarlo al colegio.

¿Al colegio? Anastasia no había pensado siquiera en el colegio desde la tarde del viernes último. ¿Por qué las madres tenían que sacar siempre a colación rollos como ese del colegio?

—¿Quieres hacerme el favor de escuchar? Olvídate del colorete. Prometo que no lo llevaré al colegio. Quiero hablarte de mi amiga Henry.

Su madre comenzó a despejar la mesa.

—Ayúdame a quitar los platos, anda. Y luego me hablarás de Henry.

«Característico —pensó Anastasia—. Intenta contarle a un progenitor la cosa más interesante del mundo y te pedirá que ayudes a quitar los platos.» De mala gana apiló los cuatro platos vacíos de la cena y siguió

107

a su madre a la cocina, sin parar de hablar un momento acerca de Henry Peabody. Lo que le había sucedido a Henry Peabody ese día era sin duda, en opinión de Anastasia, lo más interesante del mundo.

Para empezar, la señora del pelo entrecano había seguido las instrucciones de Tía Vera y lo «había quitado todo». El cabello de Henry, claro está. Primero los pasadores en forma de mariposas verdes, que fueron a parar desconsideradamente al suelo de linóleo.

—Eh, mire lo que hace, ¿quiere? —dijo Henry—. Las pertenencias personales de una persona no se tiran al suelo sin más.

—Hijita —le dijo Tía Vera—, esas mariposas van a entrar en hibernación permanente.

Luego la peluquera empezó a darle a las tijeras. No cis, cis, cis, como había hecho con Helen Margaret. Sino zas, zas, zas. Caían al suelo mechones enormes de pelo de Henry, hasta que, en nada de tiempo, las mariposas quedaron ocultas bajo el montón.

En pocos momentos —Anastasia observaba con el rabillo del ojo porque presenciar el corte de pelo de Henry era todavía más interesante que ver el suyo propio en el espejo— le habían cortado el pelo a Henry hasta dejarlo reducido a una alfombra crespa y tupida que le ceñía la cabeza.

Vio a Henry fruncir el ceño ante su imagen reflejada en el espejo.

—Dijo usted espectacular —berreó—, pero no lo están dejando espectacular. ¡Me lo están dejando horrible!

—Confía en nosotros, cariño —la tranquilizó Tía

Vera—. Esto es sólo el primer paso —inclinó la cabeza de Henry a un lado y a otro—. Es una cabeza con un perfil hermosísimo —anunció—. Córtaselo más —instruyó a la señora—. Hagamos que ese perfil destaque.

Anastasia se miró malhumorada en el espejo. Su corte de pelo adelantaba despacio; la mujer iba recortándolo meticulosamente sección por sección. Y Anastasia se percataba de que iba a quedarle fenómeno. Pero Tía Vera había dicho aquello de las orejas primorosas. Y ahora salía con lo de la «cabeza de perfil hermosísimo» a propósito de Henry.

Anastasia deseaba —no, más que deseaba: anhelaba— que Tía Vera dijese algo en superlativo acerca de ella. Había estudiado el superlativo en el colegio, en clase de gramática. Muchas veces el superlativo terminaba en «ísimo», como «hermosísimo» o «grandísimo».

Anastasia hubiera querido que Tía Vera dijese, mirándola: «Este es un pelo hermosísimo.»

O a veces también el superlativo se formaba con los términos «el más», «la más», o «lo más». Como «el más brillante», o «la más fastuosa».

Eso también habría venido de perilla. «Tienes la cabellera más fastuosa», podría decir Tía Vera, dando vueltas en torno a la silla de Anastasia.

Pero no lo hizo. Había dedicado todo un catálogo de superlativos a Helen Margaret, y ahora se estaba sacando de la manga todo un nuevo vocabulario de superlativos para Henry.

—La cabeza más espléndida que he visto en muchísimo tiempo —decía Tía Vera, observando cómo la peluquera sacaba un chisme eléctrico que zumbaba como un demonio y comenzaba a *zzzzzzzz* la cabeza de Henry.

—Electrocúteme usted y moriré —anunció Henry, pero ya no miraba con gesto ceñudo. Más bien al contrario, se contemplaba en el espejo con expresión de sorpresa.

Y Henry estuvo lista incluso antes de que la peluquera que arreglaba a Anastasia hubiese terminado de recortar e igualar la zona de su oreja izquierda. Todo el pelo de Henry, excepto una capa lisa y suave como un gorro negro de piel, estaba en el suelo. La tercera peluquera salió de no sé dónde con una escoba, lo barrió y lo echó a un cubo de basura.

—¿Quieres conservar esos pasadores? —preguntó.

Henry al principio no contestó nada. Estaba mirándose y remirándose, volviendo la cabeza a un lado y a otro. Sus orejas morenas, con un pendientito dorado cada una, se amoldaban al óvalo perfecto de su cabeza. Destacaba el relieve de sus pómulos. Lentamente comenzó a sonreír: al principio una sonrisa imperceptible, sólo una leve contracción de los labios. Luego la sonrisa se ensanchó, como si ya no pudiera reprimirla, y por último sus dientes blancos, menudos, iguales, se mostraron en una hermosa y amplia sonrisa de satisfacción.

Echó una mirada a la señora mayor que sostenía el mugriento cubo de plástico de recoger la basura. Dirigió otra visual a las cuatro mariposas verdes que yacían en el montón de pelo.

—Tírelas —dijo Henry con desdén.

—Llegué a sentir algo así como compasión de mí misma, la verdad —explicó Anastasia a su madre tras haber descrito el corte de pelo de Henry—, porque aunque podía ver que mi corte de pelo iba a quedar bien, y que yo en conjunto iba a quedar bien, más adulta, más mona, también veía que no iba a ser guapa. Y me daba lástima de mí misma por...

—Tú eres guapa, Anastasia, a tu manera —le interrumpió su madre.

—No, mamá. Yo tengo un aspecto pasable. No soy un chucho ni nada de eso. Pero no nos engañemos, jamás en la vida voy a ser despampanante. Nosotros, los Krupnik, somos todos tipos de aspecto corriente y nada más. Era como si esperase que cuando me cortaran el pelo fuese a ocurrir alguna especie de milagro, y no fue así. Pero fíjate, en el caso de Henry sí que ocurrió. Dejé de apenarme por mí misma en el momento en que vi que para ella sí que ocurría. Porque ella realmente quiere ser modelo, mamá, a fin de ganar dinero para poder ir a la universidad. Y yo no. Porque yo iré a la universidad de todos modos. De manera que era ella la que necesitaba el milagro. ¡Y lo obtuvo! ¿No te parece que es algo sensacional?

La señora Krupnik asintió con la cabeza. Se secó las manos con un paño de cocina y alisó el pelo de Anastasia, más suave ahora y más corto.

—Sabes lo que te digo, Anastasia, que eres una persona estupenda, verdaderamente estupenda.

—¿Podrías reformular eso como un superlativo, mamá?

Su madre estuvo un momento pensando.

—Eres la persona más estupenda que conozco —dijo—. ¿Qué te parece?

Anastasia sonrió de oreja a oreja.

—Magnífico. Muchas gracias —colgó su paño de cocina—. Subo a mi cuarto a reescribir el comienzo de mi trabajo sobre la profesión. Espero que a la madre de Henry no le haya dado de verdad un ataque al corazón —añadió, según salía de la cocina.

Anastasia Krupnik

MI PROFESIÓN

Algunas de las personas más estupendas del mundo son propietarias de librería.

Otras personas estupendísimas no tienen por qué ser propietarias de librería porque pueden tener una profesión prestigiosa totalmente distinta. Personas que poseen cabezas espléndidamente configuradas, y pómulos bien marcados, y dientes blancos, menudos e iguales, no tienen por qué ser propietarias de librería porque en cambio pueden ser modelos de éxito, de las que ven su imagen reproducida en las portadas de las revistas ilustradas a todo color.

Entonces pueden ganar suficiente dinero para ir a la universidad. Tal vez, después de los estudios, cuando sean mayores, puedan ser propietarias de librería.

Sin embargo, me da la impresión de que yo no soy una de esas personas agraciadas y llamadas al éxito.

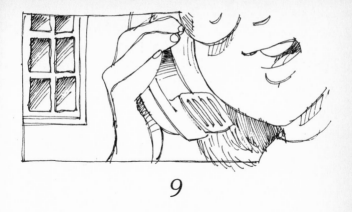

9

SONÓ el teléfono mientras los padres de Anastasia veían la tele.

—¡Hola! He encontrado tu número en la guía telefónica. ¡Sois los únicos Krupnik!

Anastasia reconoció la voz de Henry.

—¡Hola, Henry! —dijo—. ¿Está bien tu madre? ¿No ha sufrido un ataque al corazón ni nada de eso?

Henry se echó a reír.

—Me hizo quitarme el colorete, eso es todo.

—Todas las madres son iguales —dijo Anastasia—. Apuesto a que todas las madres están contra que se maquillen las chicas de trece años.

—No todas, quizá —dijo Henry—. Me apuesto lo que quieras a que la madre de Bambie le compra ella misma los afeites.

—Seguro que sí —rió Anastasia.

—Llamaba para ver si tal vez podrías venir a cenar

a mi casa mañana por la noche. Podríamos ir juntas en el metro, y mi padre podría llevarte después a tu casa en el coche. Ha dicho que no le importaría.

—¡Fantástico! Me encantaría —dijo Anastasia—. Lo voy a consultar con mis padres. Estoy segura de que les parecerá bien.

—Hasta mañana por la mañana, entonces. Va a ser un rollazo mañana. Andar y conversar, ¡vaya cosa! Hasta un robot puede andar y conversar.

—Claro. Qué chorrada.

El programa Academia Fascinación para el miércoles consistía en lecciones y ejercicios en materia de postura y elocución clara. Efectivamente sonaba a rollo.

—¿Quieres que almorcemos en McDonald lo mismo que hoy?

—Pues claro. ¡Oh, espera! Me olvidaba...

—¿De qué te olvidabas? Tú puedes comer. No has tenido que ir a clase de dietética con esos toneles de Robert y Bambie.

—Lo sé, pero me olvidaba de que había prometido almorzar con cierta persona. Aunque óyeme, Henry...

—¿Qué?

—Me apuesto cualquier cosa que a ella no le importaría si te llevara conmigo. La telefonearé y se lo preguntaré.

Una vez que Anastasia hubo colgado, y tras obtener el visto bueno de sus padres para cenar con los Peabody la noche siguiente, marcó el número de la librera y le pidió permiso para llevar a su amiga a almorzar.

116

—¡Por supuesto que sí! ¡Fantástico! —dijo Barbara Page—. Me encanta tener compañía.

—Me temo que mi amiga no va a poder comprar ningún libro —explicó Anastasia en son de disculpa—. Está estudiando para hacerse modelo y poder ganar así dinero para ir a la universidad, de modo que...

—¡Eh! —la interrumpió Barbara Page, riéndose—. He dicho que me encanta tener compañía. No me refería con ello a tener clientes.

—¿Qué quieres decir, que dio un convite para que tu padre repartiese autógrafos? ¿Pues qué es tu padre, una estrella del *rock* o algo así?

Anastasia movió negativamente la cabeza. Caminaban ambas por el Common en dirección a Beacon Hill.

—No es más que profesor de universidad. Pero escribe poesía, además.

—¿Poesía de verdad? ¿En libros? ¿No poemas festivos para cumpleaños de parientes y cosas de esas?

Anastasia asintió con un gesto.

—No. Naturalmente, también hace eso otro. Pero escribe poesía de verdad. En libros.

—¡Jesús de mi vida! —exclamó Henry—. ¡En libros! ¿Y viene en ellos su nombre?

—Pues claro. En la portada, bien visible. Y en la contraportada traen su retrato.

Henry no salía de su asombro.

—Así que es famoso —dijo.

Anastasia se sentía desconcertada. Ella no tenía a su padre por famoso. Sin embargo, de vez en cuando escribían acerca de él en el *New York Times*. En una ocasión le habían llamado «Maestro de la imagen contemporánea», vete a saber lo que eso significaba. Y recibía cartas de admiradores desconocidos, pidiéndole su autógrafo. De modo que ella suponía que sí, que era famoso, por lo menos un poco.

—Sí —admitió—. Supongo que sí.

—Nunca jamás, en toda mi vida, había conocido antes a la hija de un personaje famoso —dijo Henry.

Anastasia intentó pensar una respuesta.

—Y yo nunca había conocido antes a una persona verdaderamente guapa —dijo por último—. En realidad, cuando te conocí hace sólo dos días, ni siquiera me di cuenta de que eras guapa. Y ahora, fíjate. ¿Te das cuenta, Henry, de que ahora mismo, en este mismo momento, según vamos por el Common, los hombres se te quedan mirando por ser tan guapa? ¡Hombres mayores!

—Sí, lo sé. Tiene gracia. Anoche, cuando iba para casa en el metro, los hombres no me quitaban ojo. Y hasta las mujeres me miraban. Nunca me había pasado eso.

—¿Asusta mucho?

Henry negó con la cabeza.

—Qué va. Nada, si se limitan a mirar. Pero como digan algo, se juegan la vida.

Y, también, Barbara Page miró con ojos atónitos cuando entraron en la librería. Miró a las dos, mientras Anastasia hacía la presentación de Henry.

—Anastasia —dijo—, tu corte de pelo es fabuloso, y quiero que me des el nombre de la persona que te lo ha hecho, porque quiero pedirle hora. Y tú, Henry —prosiguió—, estás esplendorosa. No hay otra palabra para expresarlo.

—Sí, sí que las hay —le objetó Anastasia con sorpresa—. Y usted, que tiene una librería, debería saberlo mejor que nadie. Hay un sinfín de palabras para expresarlo. Deslumbrante. Espectacular. Sublime. O simplemente hermosa, sin más, por el amor de Dios.

—Vale, vale —rió Barbara Page—. Tienes razón.

—¿Quiere usted ver lo que hemos aprendido en la escuela de modelos esta mañana? —preguntó Henry.

—Desde luego. Enséñamelo.

Henry dejó caer su chaqueta sobre un banco que había en un rincón de la librería. Se colocó en posición, manteniéndose bien erguida; luego hizo una inspiración profunda y echó a andar hasta la pared opuesta, llena de estanterías con libros. Llevaba alto el mentón, los hombros hacia atrás, y sus largas piernas se movían con una gracia especial que Anastasia jamás había visto antes en nadie. En vez de colgar a ambos costados como cualquier otro par de brazos en todo el mundo a la redonda, los brazos de Henry Peabody se movían con fluida soltura. Se dio la vuelta, sonrió despacio y caminó de nuevo hacia ellas con el mismo movimiento deslizante. Las miró sonriendo.

—¿Qué tal? —inquirió— ¿Pantera, o qué?

—Pantera —dijo Anastasia—. Sin lugar a dudas.

Tía Vera les había mandado, en clase, que imaginaran y se movieran como un animal determinado. Tras mucho perder el tiempo y hacer el tonto por lo desconcertados que estaban todos, lo habían intentado.

Bambie había optado por la cabra montés. Las cabras monteses, explicó Bambie, tenían un andar firme y resuelto. Y a continuación caprimonteó por el

119

salón haciendo bambolearse sus bucles pelirrojos. ¡Uf!

—Yo probaré a ser una cierva —había susurrado Helen Margaret, levantando con recato la cabeza.

Echó a andar tímidamente por la estancia, lanzando miradas a Tía Vera para ver si lo estaba haciendo bien. «Sí, parece una cierva», pensó Anastasia, recordando una que había visto en cierta ocasión en la linde de un prado; Helen Margaret tenía el mismo mirar arisco, asustadizo, daba los mismos pasos cautelosos, y era idéntica su actitud vigilante.

Después vino Robert.

—Leopardo africano —anunció, lo cual era un camelo antes de haber empezado siquiera.

No había posibilidad alguna de que Robert Giannini pareciese un leopardo africano ni asiático. Avanzó pesada y deslucidamente por el salón; Tía Vera sonrió con una sonrisa cortés pero conmiserativa, y Henry murmuró entre dientes: «Vaya hipopótamo.»

—Ah, bien, creo que yo voy a intentar ser leona —dijo Anastasia cuando le llegó su turno. Y atravesó el salón imaginando que perseguía una pieza por la sabana africana. Pero dio un traspié al pisarse un cordón de zapato desatado y se echó a reír—. Quería decir jirafa —precisó.

—Pantera —había dicho simplemente Henry.

Acto seguido se había deslizado por la estancia haciendo de pantera de un modo tan soberbio que todos los presentes —incluso Bambie— rompieron en aplausos.

Ahora acababa de hacerlo nuevamente en la librería. En cierto modo se transformaba en pantera.

—Esta tarde —explicó Anastasia a Barbara Page— nos toca práctica de conversación. Creo que a mí eso se me da mejor que andar.

—Si Bambie Browne vuelve a hacer su escena de la muerte de Julieta —dijo Henry, e imitó a Bambie—: «... por cuya espantable boca el aire puro no penetra jamás», vamos, que a lo mejor oís a una espantable boca hacer un comentario. Y será la mía.

Barbara Page articuló un son impreciso, pero Anastasia pudo ver que estaba intentando no soltar una carcajada.

Durante el almuerzo, a base de emparedados vegetales con huevo duro, Anastasia dijo:

—Sabe usted, el curso de modelo es en realidad una forma de pasárselo bien. El día de los cortes de pelo y el maquillaje fue una gozada, nos lo pasamos bomba. Y esta mañana no ha estado mal, aun cuando yo resultara ser una jirafa.

—Deberías intentar la pantera —comentó Henry, espolvoreando pimienta en su ensalada de huevos.

Anastasia hizo un gesto de desaprobación.

—No creo que tenga yo nada de pantera, Henry. Soy demasiado desgalichada. De todos modos, me gustan las jirafas.

—También a mí me gustan las jirafas —dijo Barbara Page—. Mi esposo y yo fuimos de safari a África el año pasado, y vimos muchas jirafas.

Henry puso unos ojos como platos.

—¿Safari? —dijo—. ¿África?

—¿Quién se ocupó de la librería mientras estaban fuera? —preguntó Anastasia.

Barbara pareció un poco desconcertada.

—La cerré, sin más —dijo—. Probablemente debería haber contratado a alguien para que se hiciera cargo de ella. Pero no me fiaba de que nadie supiera tratar como es debido a todos esos notables, y a los pequeñuelos, y a todos mis clientes a quienes yo conozco tan bien. De manera que cuando salgo de vacaciones, simplemente cierro el establecimiento.

—Tendría usted que enseñar a un dependiente —sugirió Anastasia.

—Tal vez.

—Una persona joven —dijo Anastasia.

—Supongo que sí.

—Alguien así como yo —indicó Anastasia.

Barbara sonrió.

—Esa es una buena idea —dijo—. Quizá el próximo verano estudiaremos la posibilidad de un empleo por tiempo parcial para ti. Y más adelante, cuando seas mayor, podría dejarte a cargo del negocio, y mi esposo y yo podríamos volver a África de nuevo. Me encantaría volver.

—A decir verdad —añadió de improviso—, cuando has entrado, Henry, me has recordado algo, o a alguien, y no caía en lo que era exactamente. Pero ahora acaba de venirme a la memoria. Veréis —se acercó a la sección rotulada VIAJES y alcanzó un libro voluminoso. Se puso a hojearlo, encontró lo que quería y se volvió para mostrar la fotografía a Henry y Anastasia.

—¡Jesús de mi vida! —dijo Henry con voz queda—. Mi corte de pelo.

Tomó el libro de manos de Barbara Page y se sentó. Anastasia miró por encima del hombro de Henry y contempló el retrato de una mujer masai. Se envolvía en una manta encarnada y llevaba grandes collares y pendientes de abalorios. Tenía la cabeza casi rapada, dejando sólo una delgada capa de cabello, igual que la de Henry, y los mismos pómulos prominentes, cuello esbelto y grandes ojos oscuros que ella.

—Vi cantidad de mujeres con el mismo aspecto que ésta, y que tú, en Kenia y en Tanzania —dijo Barbara Page—. Todas eran muy hermosas.

Henry cerró el libro despacio y lo dejó sobre la mesa escritorio. Parecía preocupada.

—¿Y no cree usted que podrían venir todas aquí y asistir a escuelas de modelos? —inquirió—. No creo que pudiera yo afrontar toda esa competencia.

Barbara Page se echó a reír.

—No creo que suceda tal cosa —dijo.

—¿Puedo mirar los libros para niños? —preguntó Henry—. Tengo dos sobrinitos muy aficionados a los libros.

—Claro que sí. Empieza por los que hay ahí en la mesita, y si encuentras alguno que te guste, puedes quedártelo. La escuela infantil viene aquí a dar su hora de narrativa, y los críos a veces tienen las manos sucias. De modo que esos libros tienen alguna que otra mancha, y no puedo venderlos.

Mientras Henry hojeaba los libros infantiles sobre la mesa, Anastasia se sentó junto al escritorio de Barbara Page y le habló con voz queda.

—Le dije que deseaba comprar un libro —comenzó.

Barbara Page se echó a reír.

—No seas boba. Llévate a casa uno de esos libros

124

de críos, para tu hermano. De regalo. No tienes que pagarme nada.

—No, espere —susurró Anastasia—. Es verdad que deseaba adquirir un libro. Pero no sabía cuál. Y ahora ya lo sé. Quiero comprar ése —indicó el que estaba sobre el escritorio—. Quiero regalárselo a Henry, para que pueda mirar siempre que quiera lo hermosa que es la mujer masai.

Barbara Page sonrió.

—Lo siento, Anastasia. Pero no está a la venta. Lo tengo ya comprometido.

—¡Vaya por Dios!

Sonó el teléfono.

—¿Puedes contestar a esa llamada, Anastasia, y practicar así como librera? Cógelo ahí fuera, en la tienda. Yo tengo unas cosas que atender aquí.

Anastasia afirmó con la cabeza y salió a la librería, donde había otro teléfono en la pared.

—Pages, buenas tardes —dijo, recordando la forma en que Barbara Page contestaba siempre al teléfono.

Henry, sentada a la mesa de los niños, la miró sonriendo.

—¿Barbara? —inquirió una voz de mujer.

—No —respondió Anastasia—, la señora Page está ocupada en este momento. Soy su ayudante. ¿En qué puedo servirle? —y cruzó los dedos, en la esperanza de que la mujer plantease algo que ella supiera contestar.

—Bueno, quisiera un libro para regalar a una amiga. ¿Podría recomendarme alguno? Prefiero que no sea una novela.

Anastasia echó una ojeada rápida a los estantes.

Vio libros de cocina, de jardinería, biografías, libros de viajes, libros sobre fotografía.

—Bien, ah, ¿cuáles son los intereses de su amiga? —preguntó.

—Es muy literaria —respondió la mujer—. Es la bibliotecaria de un internado escolar de muchachos.

De pronto los ojos de Anastasia se fijaron en una sección concreta de las estanterías.

—En ese caso —dijo al teléfono—, tal vez apreciase un libro con autógrafo. Da la casualidad de que tenemos aquí un ejemplar del último libro de poesía de Myron Krupnik firmado por el autor.

—¿Myron Krupnik? No sé si me suena.

—Espero que sí —dijo Anastasia—. El *New York Times* le ha llamado «Maestro de la imagen contemporánea».

—¡Hay que ver! Bueno, creo que a mi amiga le gustará. ¿Dice que está firmado por el autor?

—Por supuesto que sí. Tiene una letra terrible, pero hay cantidad de famosos que tienen la letra terrible. Conozco a alguien que consiguió una vez el autógrafo de Bruce Springsteen, y Bruce Springsteen tenía una letra...

—Sí, bueno, ¿podría envolverlo en papel de regalo y mandárselo por correo? Voy a darle la dirección y puede usted cargármelo en mi cuenta.

Anastasia anotó cuidadosamente la información. Luego la llevó en triunfo a la trastienda, donde Barbara Page continuaba sentada a su escritorio.

—¡He vendido un libro! —exclamó.

—¡No me digas! —Barbara Page la miró con cara de pascuas.

126

—¡El libro de mi padre! La compradora quiere que se lo mande a su amiga por correo. Aquí están las señas.

—Anastasia, creo que tienes un gran porvenir como librera. Gracias. Vamos a ver... ya es casi la una. Vosotras tenéis que volver y hacer ejercicios de conversación, jovencitas. Y no es que tengáis dificultad para ello ninguna de las dos, por lo que se ve. Tomad —y entregó a Anastasia y a Henry sendas bolsas de papel que llevaban impresa en grandes letras azules el nombre de la librería, PAGES.

—¿Esto qué es? —inquirió Anastasia.

—Un regalo para cada una. Y unos cuantos libros manchados para vuestros hermanos y sobrinitos.

Las llevó hasta la puerta con un brazo en torno a los hombros de cada una de ellas.

—Volved otro día, ¿eh?

—Vale, y muchas gracias —dijeron Henry y Anastasia.

Fuera, en la calle, mientras desandaban el camino a través del Common, miraron el contenido de sus bolsas. Anastasia encontró un libro sobre camiones para Sam y un libro para ella con bonitas fotografías de animales en color. En la cara interior de la portada, Barbara Page había escrito: «Para mi amiga y futura librera Anastasia Krupnik. Las jirafas son, con mucho, mis favoritas. Con el cariño de Barbara Page.»

Henry sacó los dos libros de estampas que había escogido para sus sobrinos y el libro en que figuraba el retrato de la mujer masai. En su interior, Barbara Page había escrito: «Para Henrietta Peabody, que desciende de una estirpe de gran belleza.»

127

Henry se lo tendió a su amiga, impresionada.

—Anastasia —dijo—. He visto el precio de este libro. ¡Treinta y cinco dólares!

—Bueno —dijo Anastasia, meditando sobre el caso—, ella quería que lo tuvieras. Como dice mi padre, es una persona fantástica. Y puede permitírselo. Pero, muchacha, como librera es lo que se dice un desastre.

»¡Oh, no! —añadió de repente, recordando algo—. ¡Si seré idiota! ¡Se me ha vuelto a olvidar hacer la entrevista!

Pero Henry no la escuchaba. Iba pasando lentamente las páginas del libro. Encontró la mujer masai, la contempló en silencio según caminaban, y luego volvió a la dedicatoria.

—No sabes cuánto me alegro —dijo por último— de que haya escrito mi nombre verdadero: Henrietta.

Anastasia Krupnik

MI PROFESIÓN

En realidad no es tan difícil ser librera. Si llama alguien por teléfono y pide que se le recomiende un libro, en realidad resulta bastante fácil convencerle para que compre algo, como puede ser el libro de un poeta de relativo éxito*, sólo con hablarle afablemente acerca de ello. Claro que, si vienen a la tienda, hay que mirarles a los ojos al mismo tiempo.

Uno de los problemas de ser dueña de una librería, si eres una persona tremendamente buena y generosa, es la tentación de regalar libros.

Si vendes un libro escrito por un poeta de relativo éxito* por 12,95 dólares, y el mismo día regalas otro libro que cuesta 35 dólares, como librera haces un negocio ruinoso, aunque sigas siendo una persona tremendamente buena y generosa.

Esto se puede resolver vendiendo el libro de 35 dólares y regalando el de 12,95. De esa manera podrías seguir siendo una persona tremendamente buena y generosa sin dejar por ello de ser una librera de relativo éxito.

* Myron Krupnik, doctor en Letras.

10

NUNCA había estado en Dorchester —dijo Anastasia a Henry, sentadas una junto a otra en el estrepitoso tren subterráneo—. Figúrate. Toda mi vida viviendo en Boston, y jamás había estado antes en esa parte de Boston.

—Bueno, y qué, no tiene nada de particular —dijo Henry—. También yo he vivido en Boston toda mi vida, y tampoco he estado nunca en los arrabales donde vives tú.

—Quizá puedas venir alguna vez a mi casa. Mi familia te gustaría.

—¿Cómo son los tuyos? Sé que tu padre es famoso y todo eso. Pero ¿cómo son tus padres en realidad?

—Bueno, mi padre tiene una barba recortada. Del mismo color que mi pelo. Y cuenta unos chistes malísimos, y ve deportes en la tele. Cuando está trabajando en un libro de poesía se encierra en su despacho y no hace más que lamentarse por no haber elegido otra profesión.

—Pues vaya —dijo Henry—. En el colegio siempre me agrada cuando estudiamos poemas. Y ahora que hemos aprendido a caminar y hablar y esas cosas, me apuesto a que cuando tengamos que recitar me saldrá estupendo. Qué digo, a lo mejor hasta declamo, como Greta Garbo.

Las dos prorrumpieron en risas ahogadas, y una señora mayor que iba sentada a su lado se les quedó mirando. Ningún hombre miraba ahora a Henry, pero era porque llevaba puesto el sombrero. Si se lo quitara, Anastasia lo sabía, se transformaría en una beldad del mismo modo más o menos en que Clark Kent se transformaba en Superman. Y entonces los hombres sí que la mirarían.

—Y mi madre es pintora —prosiguió Anastasia—. Trabaja en casa, de forma que al mismo tiempo puede cuidar de mi hermano. Ilustra libros.

—Mi madre es camarera. Es el oficio más duro del mundo. Tendrías que ver cómo se le hinchan los pies. Tiene que ponérselos a remojo en cuanto llega a casa. Muchacha, yo nunca seré camarera.

—Pues claro que no, Henry. Tú vas a ser modelo.

—Eso es.

De repente Henry se enderezó en su asiento y se quitó el sombrero. Dos hombres que estaban sentados al lado opuesto del vagón dejaron de charlar, dándose discretos codazos, al contemplar a Henry.

—Sólo es por probar —comentó Henry a Anastasia en voz baja, y sonrió complacida.

Se puso de nuevo el sombrero y volvió a repantigarse en el asiento.

—¿Qué hace tu padre? —preguntó Anastasia.

—Es policía.

—¡No me digas! ¿Y tiene pistola?

—¿Qué quieres decir con que si tiene pistola? Claro que tiene pistola. ¿Crees que iba a ser el único poli de Boston sin pistola?

—¿Ha matado alguna vez a alguien? —inquirió Anastasia, con espanto.

Henry negó con la cabeza.

—¡Quia! Ni una sola vez. En cierta ocasión tuvo que encañonar a uno. Después tenía pesadillas.

Anastasia se estremeció. Jamás en su vida entera, pensó, había conocido a nadie cuyo padre hubiese encañonado una vez a otro con una pistola.

—Aquí salimos —anunció Henry mientras el tren aflojaba la marcha y se detenía.

Anastasia la siguió por la estación del metro y desembocó con ella en la calle.

La casa de los Peabody, dos manzanas más allá, era gris, un poco necesitada de nuevo revoco, con un soportal espacioso en la fachada principal. En su interior, olía a algo exquisito que estaba cocinándose. Y era ruidosa. Dos niños pequeños correteaban por el vestíbulo entre risas mientras las chicas se quitaban las chaquetas y sombreros. Henry agarró a uno de ellos por los hombros, y el otro se detuvo, se quedó quieto, levantó la vista y miró tímidamente a Anastasia.

—Estos son los críos de mi hermana —explicó Henry—. Es el día libre de mi madre, así que le toca cuidarlos. Este diablejo es Jason —meneó el brazo del que retenía, y el chiquillo sonrió enseñando los dientes—. Y aquel de allí es John Peter. Decid hola, monigotes.

John Peter abrió la boca, puso los ojos muy redondos y musitó:

—Hola.

Jason se debatió, se soltó de Henry y sacó la lengua. Luego los dos echaron a correr, riéndose.

—¿Henrietta? ¿Eres tú? —llamó una voz.

Henry colgó su chaqueta y respondió:

—Sí, mamá. Traigo a Anastasia conmigo. Ahora mismo vamos.

—Y entra andando normal, Henrietta —voceó su madre—. Déjate de historias de panteras.

Anastasia siguió a Henry hasta la caldeada cocina, donde los dos pequeñajos andaban ahora enzarzados por el suelo, y la señora Peabody, de pie ante el fogón, removía algo en un gran perol humeante. Al presentarlas Henry, se volvió y estrechó la mano a Anastasia.

—Mira, fíjate qué corte de pelo más bonito tienes tú —dijo—. Yo es que no sé lo que hacer con el de Henrietta. Parece como si le hubieran rapado la cabeza, sin más.

—¿Pero a usted no le parece que está maravillosa? —preguntó Anastasia.

La señora Peabody frunció el entrecejo, mirando a su hija.

—Tendré que acostumbrarme, supongo —dijo. Luego regañó a sus nietos—: ¡Jason! ¡John Peter! ¡A ver si os estáis quietos de una vez! ¡Tenemos visita! ¿Queréis que Anastasia piense que criamos aquí animales salvajes?

134

Los niños no le hicieron caso y continuaron haciéndose cosquillas y riéndose.

—Henrietta, ve a despertar a tu padre y dile que la cena ya está casi lista —Henry salió de la cocina y la señora Peabody volvió al fogón—. Esta semana trabaja en el turno de noche, de modo que duerme todo el día. Cuando salga para el servicio te llevará a casa —explicó a Anastasia—. Siéntate y ponte cómoda.

Anastasia arrimó una silla a la amplia mesa de cocina. Se percibía un ambiente como el de su propia casa: la cocina cálida, acogedora y con un olor a comida apetitosa; los niños, de la misma edad que Sam, jugando por el suelo; la manopla de agarrar las cacerolas colgando de un imán fijado en la puerta del frigorífico. Reparó en la tetera en forma de casita, exactamente igual que la tetera que tenía su madre.

«Verás cuando le cuente a mamá —pensó—, que una familia negra de aquí, de Dorchester, tiene una tetera exactamente como la nuestra. Y yo que creía que éramos los únicos con esa tetera en todo el mundo.»

«Y verás cuando les cuente a mamá, a papá y a Sam que el padre de Henry es policía —lo mismito que Bobby Hill en *Canción triste de Hill Street*— y que en una ocasión apuntó de verdad a alguien con una pistola.»

De pronto le asaltó a Anastasia un pensamiento aterrador. El padre de Henry iba a llevarla a su casa de camino para el servicio. Eso significaba que ella —Anastasia Krupnik— viajaría en un automóvil de la policía. Tal vez las luces azules irían destellando. Y ella iría junto a una persona que llevaría en la cadera una pistola enfundada en su pistolera. La radio de la policía estaría puesta. ¿Y si llegaba una llamada —una alarma— y él tenía que parar por el camino y detener a un criminal? Entonces ella —Anastasia Krupnik— iría probablemente en el asiento de atrás del coche de la policía, y habría una rejilla de metal separándola del padre de Henry, y se sentaría junto a un peligroso criminal. Claro que el criminal iría esposado. Pero a lo mejor, hasta con las esposas puestas, conseguía él agarrarla. Tomarla como rehén. Podría decir al padre de Henry, a través de la rejilla: «Quíteme estas esposas o, si no, mataré a esta chica de trece años.»

Entonces el señor Peabody se las quitaría, claro. El señor Peabody era el típico individuo que tenía pesadillas después de haber apuntado a uno con su pistola. Conque, naturalmente, temiendo por la vida de Anastasia, tendría que parar el coche y quitarle al delincuente las esposas.

Entonces Anastasia quedaría en las garras de un peligroso criminal con las manos libres.

«No sería yerro del padre de Henry», pensó entristecida, experimentando una pena terrible, en parte por él, que se sentiría angustiado por la indefensión y el sentimiento de culpa, pero sobre todo por ella misma y por la suerte que la aguardaba.

Probablemente el señor Peabody apuntaría con su pistola al individuo. Pero ella —Anastasia Krupnik, víctima inocente— estaría delante del criminal. Él la tendría sujeta por el cuello con un brazo, mientras que con el otro probablemente esgrimiría un cuchillo a la altura de su garganta.

Anastasia miraba tétricamente la tetera, que era igualita que la de su madre, y se preguntaba si volvería a ver aquella entrañable tetera materna. Se preguntaba si asistiría a las clases del jueves en la Academia Fascinación. El jueves tocaba Consulta sobre Moda y Estilo. Anastasia necesitaba esa consulta. Todos los demás de la clase tendrían su Consulta sobre Moda y Estilo, mientras que ella —Anastasia Krupnik, víctima inocente— probablemente estaría atada y amordazada en algún almacén abandonado, Dios sabe dónde, todavía con aquel mismo viejo pantalón vaquero.

Sus pensamientos, que habían ido tornándose cada vez más patéticos, se vieron interrumpidos con la reaparición de Henry.

—Te presento a mi padre —dijo Henry alegremente—. Papá, esta es mi amiga Anastasia.

Anastasia alzó la vista. El señor Peabody sonrió y tendió la mano para estrechar la suya. No llevaba pistola. Ni siquiera uniforme. Vestía pantalón de pana, igual que el de su padre, y jersey verde oscuro.

—Hola —dijo—. Muchísimo gusto en conocerte, Anastasia.

—El gusto es mío —respondió ella, y se quedó atascada—, yo... ah..., no sé cómo llamarle. ¿Agente Peabody...?

Se echó él a reír.

—¿Y por qué no Frank? —sugirió—. Ése es mi nombre.

—¡Yo tengo un pez dorado que se llama *Frank*! —exclamó Anastasia.

«Oh, esta sí que es buena —pensó al instante—.

¡Vaya patinazo! Decir a un policía que tengo un pez que se llama como él.»

Pero Frank Peabody se reía. Y su mujer también. Y Henry.

—¡A que no sabéis una cosa! —irrumpió Anastasia como una tromba por la puerta del despacho de su padre. El señor y la señora Krupnik alzaron la vista de sus libros respectivos.

—¿Qué? —preguntaron al unísono.

—¡Me ha traído a casa un policía! Pero no llevaba pistola, ni era un coche de la policía: era un coche viejo como el nuestro, papá, y ha dicho que siempre tiene que estar con reparaciones, lo mismo que el nuestro..., así que no llevaba luces azules destellando, ni radio. Bueno, sí, una radio sí que tenía, pero quiero decir que no era una radio de la policía, de modo que no podía haber llamadas de alarma, y no hemos tenido que parar para detener a nadie, y no vestía de uniforme porque se cambia en la misma comisaría...

Sus padres parecían un tanto inquietos.

—Eh, un momento —dijo su padre—. Más despacio. ¿Qué quieres decir, que te ha traído a casa un policía? Yo tenía entendido que iba a traerte el padre de tu amiga.

—¡El padre de Henry es policía! ¿Qué os parece? Igual que Bobby Hill. Exacta, exactamente lo mismo que Bobby Hill. ¡Hasta se parece a Bobby Hill! Pero no ha disparado nunca contra nadie, ¡ni una sola vez! Sólo en una ocasión encañonó a alguien con su pistola, y después tenía pesadillas.

»Y su madre —prosiguió Anastasia— es camarera.

Pobre señora Peabody, se le hinchan tanto los pies de estar muchas horas de pie que tiene que ponérselos a remojo cuando llega a casa, pero esta noche no los tenía en remojo, porque hoy era su día libre, de manera que se había quedado al cuidado de unos pequeñajos muy graciosos; uno se llama Jason, y el otro John Peter... —hizo una pausa para tomar aliento—. Y hemos cenado carne en marmita, y estaba deliciosa. Mamá, estaba todavía mejor que la que haces tú, porque la salsa no tenía ni un solo grumo. Ni siquiera un grumitín, ¿puedes creerlo? Dice que el secreto está en desleír la harina muy despacio, con un tenedor, y no dejar nunca de remover, ni un solo segundo.

»¿Y sabéis otra cosa? Que se me ha vuelto a olvidar mi entrevista, pero en realidad no importa, porque Barbara Page es la peor librera del mundo: regala libros sin parar. Aguardad a que veáis lo que me ha regalado, y a que sepáis lo que le ha regalado a Henry... Y además me ha dejado contestar al teléfono, y he vendido un libro, y aguardad a que os diga el libro que he vendido. ¡Os vais a quedar de piedra!

»¡Y mañana tenemos Consulta sobre Moda y Estilo! Pensaba que me la iba a perder porque pensaba que estaría en un almacén abandonado con la boca taponada con trapos viejos para que no pudiera gritar, ¡pero no lo estoy! ¡Así que mañana iré a Consulta sobre Moda y Estilo! Y tendríais que haberme visto esta mañana, mamá y papá, practicando cómo desfilar por la pasarela, porque era exactamente como una jirafa, ¡huuuy qué divertido! Barbara Page dice que las jirafas son sus animales favoritos, y tiene motivos para saberlo, porque ha estado de safari en África...

Anastasia se dejó caer en el sofá, exhausta.

—Y aún no os he contado lo de la coincidencia de la tetera, que es asombroso —añadió.

El doctor Krupnik se subió la manga del suéter y miró su reloj.

—Katherine —dijo—, son las diez. ¿Sabes dónde están tus hijos?

Katherine Krupnik meneó lentamente la cabeza.

—El pequeño está en la cama —dijo—. ¿Pero la otra? No tengo ni la más remota idea.

—Ja, ja —rió Anastasia—. La otra se va ahora mismito a su cuarto a reescribir su ejercicio escolar por novena vez.

Anastasia Krupnik

MI PROFESIÓN

Hay cantidad de cosas buenas en ser librera de las que no se percata una hasta haber hecho mucho trabajo de investigación.
1. No la miran a una los hombres.
2. No se le hinchan a una los pies y no tiene que ponerlos en remojo.
3. No hay que llevar pistola.
4. Ni cartera.

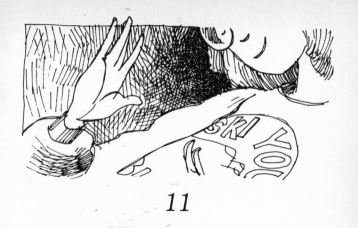

11

¿TE parece adecuado llevar esta ropa el día en que tenemos Consulta sobre Moda y Estilo, mamá?

Anastasia estaba en pie junto a la mesa de la cocina, a la hora del desayuno, exhibiendo su indumentaria. Llevaba unos vaqueros limpios y una camiseta azul oscuro con una inscripción en la pechera que decía SKI YOUR BUNS OFF (algo así como «quítate los michelines esquiando»).

—Llevar esta camiseta es un poco como ir mintiendo por ahí porque yo no esquío. Pero es una de mis predilectas.

—Tú verás. No creo que importe mucho lo que lleves puesto, porque querrán empezar desde cero. Es como ir al salón de belleza. No te recortas antes el pelo. Les dejas que empiecen desde cero.

El padre de Anastasia levantó la vista del periódico que estaba leyendo.

—Eso es algo que llevo años queriendo inculcarte, Katherine —dijo—. Siempre limpias la casa la víspera del día en que viene la mujer de la limpieza. No tiene ningún sentido.

—Pues claro que sí tiene sentido —dijo Katherine Krupnik—. No quiero que piense que soy una desastrada.

—Tienes razón, mamá —convino Anastasia—. Y yo no quiero que Tía Vera y Tío Charley piensen que soy una desastrada.

Bajó la vista y se dio un repaso. Como todos sus demás vaqueros, aquellos tenían remiendos. Su camiseta deportiva tenía los puños raídos.

—Desde luego que soy una desastrada... esa es la triste verdad —dijo.

—No, no lo eres —replicó su madre—. Cuando te arreglas bien, estás hecha un sol. Y esa ropa que llevas no indica desaliño. Es una ropa informal que no es lo mismo. Te hace buena figura. De veras.

Aliviada, Anastasia se sentó y empezó a desayunar.

La sala principal de la Academia Fascinación aparecía ordenada de modo distinto aquella mañana. Habían colocado las sillas en semicírculo, y había varios espejos grandes apoyados en las paredes. Los cinco chavales —Helen Margaret incluida— se miraban y remiraban en los espejos. Era difícil evitarlo.

Tía Vera llevaba un rato charlando sobre colores y combinaciones de colores y sobre distintos estilos de vestir. Mostraba una serie de cuadros ilustrativos acerca de todos ellos: el Informal (pero se trataba de paño y cachemira, en modo alguno lo que la madre de Anastasia le había dicho que era informal), el Sofisticado, el de Ejecutivo, el Estrafalario y el Postmoderno. Todo ello bastante aburrido.

Pero luego empezó la parte interesante. Llegó una mujer que vestía al estilo Ejecutivo —traje sastre gris oscuro y blusa de seda color crema—, y Tía Vera la presentó como coordinadora de modas de Filene. Se llamaba Sarah Silverman.

A Anastasia le gustó eso mucho. Siempre le habían gustado los nombres con las consonantes iniciales iguales, como el de su madre: Katherine Krupnik. Nunca consiguió dilucidar la razón de que sus padres no le hubieran puesto a ella un nombre que empezara con «K». Kim, tal vez. Kimberley Krupnik. En vez de, ¡jo!, Anastasia.

Hasta las consonantes finales iguales sonaban bien, pensó. Como Henry Peabody: aquellas dos «y griegas» con que terminaban nombre y apellido realmente le daban un sonido claro y limpio.

Anastasia intentó pensar un nombre que acabara con «k», un nombre de pila a juego con Krupnik.

Rick. Rick Krupnik.

Jack. Jack Krupnik.

Mick, tal vez. ¿O qué tal Spike? Como Spike Owen, del Red Sox. No importaba que fuese nombre de chico... fíjate en Henry; tenía nombre de chico, y sonaba fantástico.

Spike Krupnik. Anastasia se lo repitió a sí misma varias veces. Se preguntaba cómo reaccionarían sus padres si se cambiaba el nombre por el de Spike.

—¿Anastasia? ¿Atiendes? —Sarah Silverman, la

coordinadora de modas, se inclinaba hacia ella con gesto interrogativo.

—Ahí vaaaa. Lo siento. Estaba soñando despierta, supongo —dijo Anastasia, toda apurada.

Sarah Silverman sonrió.

—Estaba explicando —dijo— que me he traído del almacén un surtido variado de vestidos. Tía Vera me dio las medidas. Ahora voy a ir una por una y estudiar el estilo y los colores que os van. Luego os probaréis diferentes modelos, y veréis cómo puede cambiar vuestro aspecto.

—¿Y nos quedaremos con los vestidos? —preguntó Henry.

Sarah Silverman negó con la cabeza.

—No. Lo siento mucho. Pero podemos ofreceros un diez por ciento de descuento sobre el precio señalado, si hay algo que queráis comprar.

—¡Pues vaya! —musitó Anastasia—. Yo no puedo comprar nada.

—Ni yo —le respondió Henry también en voz baja.

—¿Quién quiere venir primero? —preguntó Sarah Silverman.

—¡Yo! —Bambie Browne ya se había puesto de pie.

—De acuerdo.

Sarah Silverman se situó junto a Bambie, delante del grupo. Tomó con ambas manos la barbilla de Bambie y ladeó su rostro hacia la luz.

—En la cara de Bambie predominan los colores típicos de los pelirrojos —dijo—. Tez pálida y ojos verdes. Vamos a probar a Bambie unos cuantos modelos de colores fríos.

—A mí en realidad no me importa parecer fría —dijo Bambie—. En el campo del espectáculo es más importante parecer...

—No me refiero a esa clase de frío —dijo Sarah Silverman—. Me refiero a los colores que llamamos fríos —verdes y azules—, en contraposición a... bueno, es difícil de explicar. Confiad en mí.

»Ahora bien —prosiguió—, como Bambie tiene un pequeño problema de peso...

—Tuvimos nuestro Asesoramiento sobre Dieta el martes —explicó Tía Vera—. Y Bambie va a comenzar a vigilar las calorías.

Bambie se puso colorada.

Tía Vera se llevó a Bambie al probador. Anastasia y Henry, fastidiadas, vieron regresar a Bambie ataviada con unos pantalones holgados de paño verde y un suéter abultado, también verde. A decir verdad, quedaba bastante bien con esta nueva ropa.

—¿Ha traído usted alhajas? —preguntó Bambie—. Me gustaría lucir un buen conjunto de alhajas de oro. Cuando hago alguno de mis monólogos, especialmente ante las cámaras de televisión, creo que conviene que haya mucho centelleo de pulseras y brazaletes durante mis gestos.

—¿Tus gestos? —inquirió Sarah Silverman.

Bambie hizo una demostración práctica, recitando unos pocos versos de no sé qué, mientras accionaba y accionaba con los brazos. Parecía una marioneta.

—Oh —dijo Sarah Silverman—. Bueno, lo siento, pero no tengo alhajas aquí. Aunque entiendo lo que quieres decir. De todos modos no es probable que te

147

pongas pantalones y suéter si tienes que recitar un... ah, un monólogo en televisión.

—Por supuesto que no —dijo Bambie—. Tengo trajes hechos especialmente para cada personaje. Tengo un vestido de Scarlett O'Hara, y tengo otro de Amy, la de *Mujercitas,* y luego, naturalmente, mi Julieta...

Sarah Silverman asintió con un gesto.

—Bueno, Filene desde luego no puede competir con eso —dijo—. Pero ahora vamos a atenernos a la ropa ordinaria de vestir, Bambie. Voy a ponerte ahora sobre ese conjunto un magnífico abrigo de tartán escocés. Irá de maravilla con ese pelo rojo.

Cuando acabó con Bambie, seleccionó a Robert y se colocó a su lado.

—Vamos a ver, Robert también tiene que ocuparse un poquitín de su peso —dijo—. Pero tiene...

Robert la interrumpió.

—Estoy esperando dar el estirón de un momento a otro —dijo—. Y entonces adelgazaré. Mi pediatra dijo a mi madre que adelgazaría.

Anastasia dio un codazo a Henry y las dos apretaron la boca para contener la risa.

—Estupendo —dijo Sarah Silverman—. Y por lo pronto, Robert, tienes un precioso pelo negro y ese magnífico cutis aceitunado pálido. Vamos a ver qué aspecto tienes con un conjunto de *sport* realmente atrevido.

Tío Charley se llevó a Robert al probador. Anastasia se hallaba en mitad de un bostezo cuando volvió, y por poco se ahoga cuando su bostezo se transformó en una entrecortada exclamación de asombro.

Robert Giannini con pantalón vaquero de diseño, una camisa enorme de cuadros rojos y amarillos, con amplias y voluminosas hombreras, y un gorrito de golf: era la cosa más pasmosa que había visto en su vida.

Henry se llevó dos dedos a la boca y emitió un estridente silbido. Robert se puso como la grana, hizo una mueca sonriente e intentó una vez más andar con paso felino de leopardo.

Anastasia encontró entonces providencial, por el propio bien de Robert, que ni siquiera con el diez por ciento de descuento pudiera permitirse adquirir aquel atuendo. Porque allí, en la intimidad de la Academia Fascinación, resultaba en cierta manera sensacional. Pero si Robert Giannini se presentaba en su clase de séptimo con aquella ropa de *sport* de diseño especial y sus hombreras gigantes... bueno, Anastasia se estremecía de pensar lo que podría ocurrir.

Robert taconeó de un lado para otro, acicalándose, y luego dijo a Sarah Silverman:

—¿Qué opina usted de una figura a lo *Miami Vice* para alguien que no tiene todavía pelo en el pecho?

Bambie se sumió en la contemplación de sus uñas. Helen Margaret miró al suelo. Henry no pudo reprimir un sonido de desaprobación. Pero Anastasia hubiera querido morirse allí mismo. Ya habría estado bastante mal oír a un guarda del zoológico hablar de gorilas y hacer mención del pelo en el pecho, que era sin duda una de las mayores groserías del mundo. Pero oír hablar de ello a Robert Giannini era demasiado. Anastasia miró al techo e intentó pensar en algo que no guardara la menor relación con el pelo pectoral. *Blanca Nieves.* Y pensó en *Blanca Nieves* con tal intensidad que ya no pudo oír lo que Sarah Silverman respondía a Robert.

Finalmente Robert volvió a su asiento, vistiendo de nuevo su propia ropa estilo Giannini. Y en cierta extraña manera, resultaba tranquilizador verle con su aspecto normal; aunque normal significara vestido como un niño ejecutivo.

—Ahora —dijo Sarah Silverman, paseando la mirada—, Helen Margaret.

Helen Margaret había permanecido sentada en silencio mientras Bambie y Robert exhibían sus atuendos. Pero ahora agachó la cabeza, se envolvió con los brazos como para protegerse y susurró:

—Yo no quiero.

—Tiene gracia —dijo Bambie—. Anda, mujer. Que tienen ahí colgado un vestido espléndido, justo de tu talla.

Helen Margaret meneó testarudamente la cabeza.

—No —gimoteó.

Robert se volvió hacia ella.

—Sé cómo te sientes —dijo—, porque yo en realidad me sentía como un mamarracho, ahí plantado, con todos los ojos fijos en mí. Pero no tienes más que reírte de ti misma. En realidad es divertido. Anda, mujer.

Todos los presentes le decían cosas alentadoras hasta que, por último, a regañadientes, Helen Margaret se levantó. Parecía aterrada. Los hombros, abatidos. Los ojos, en el suelo.

—Eres una chica muy guapa —dijo Sarah Silverman con voz amable—. Y lo que decía Bambie es verdad, tengo un vestido precioso para ti. Tía Vera me hizo una descripción de cada uno de vosotros, y ahora que te veo, sé que he elegido justamente las prendas adecuadas.

Helen Margaret levantó la vista por fin. Permaneció inexpresiva e inmóvil, con expresión asustada, mientras Sarah Silverman examinaba su porte.

—Helen Margaret es tan menudita, tan frágil —dijo—, que uno de esos blusones o suéteres la anularían. De modo que he escogido para ella colores suaves y tejidos finos, delicados. Tía Vera, ¿puede usted llevársela y ayudarle a ponerse ese vestido azul claro?

Tía Vera tomó a Helen Margaret de la mano y la condujo al probador.

—Cuando salga —dijo Sarah Silverman a los demás—, os vais a quedar de piedra. Es una lástima que sea tan tímida porque tiene un aspecto tan delicado y elegante.

Pero de pronto todos oyeron unas voces que provenían del probador.

—¡No! ¡Déjeme! —oyeron gritar a Helen Margaret. Y luego oyeron sollozar—. ¡Déjeme! No quiero que me... ¡Por favor! ¡Pare usted! ¡Déjeme! Yo no puedo...

Era difícil entender las palabras porque la voz era un clamor despavorido e histérico, entrecortado por sollozos.

Luego Helen Margaret, todavía vestida con su falda y su jersey, salió corriendo del tocador, tapándose la cara con las manos.

—¡Usted no entiende! Yo no puedo... —decía entre hipos.

152

Atravesó el salón a la carrera, salió por la puerta y desapareció.

Tía Vera siguió tras ella desde el probador, sosteniendo en el brazo el vestido azul claro.

—¿Dónde está? —preguntó—. No sé lo que ha ocurrido. Estaba allí plantada, tiesa como un palo, y no quería desnudarse, de modo que empecé a desabotonarle el jersey, sólo por ayudarla, y pareció que se volvía loca. Fijaos... si hasta me ha arañado.

Tía Vera extendió el brazo y les mostró un largo arañazo que rezumaba gotitas de sangre.

—Debe de haber ido al lavabo de señoras —dijo Tío Charley.

Tía Vera y Sarah Silverman fueron a mirar, pero volvieron al instante, con expresión desconcertada.

—Se ha marchado —dijo Tía Vera—. Su abrigo no está.

—Bueno —dijo Tío Charley al cabo de un momento de silencio—, probablemente volverá. Su bolso sigue ahí, junto a su silla. ¿Qué tal el brazo, Vera?

—Bah. No es más que un arañazo. Oíd, muchachos, yo creo que debemos continuar como si no hubiera sucedido nada. Cuando vuelva, tenemos que estar todos de lo más amables y comprensivos con ella. Supongo que no debíamos haber insistido en que se probara esa ropa, pero pensé que la animaría el ver lo guapa que puede estar.

—Anastasia —dijo Sarah Silverman—, ahora vamos contigo. Vera me ha dicho que piensas ser librera algún día, y tengo un conjunto fantástico de tu medida: práctico e intelectual. Exactamente lo que una dueña de librería debe llevar.

Anastasia se levantó. No se le ocurría ninguna otra cosa que hacer. Pero la alegre animación había desaparecido. Sarah Silverman hablaba de los colores y el estilo de Anastasia, pero en la estancia reinaba un silencio preocupado.

De improviso, Robert Giannini se puso en pie.

—Escuchad, chicas —dijo en voz alta—, no podemos quedarnos aquí sentados sin hacer nada. ¿Dónde vive?

—En Somerville —le respondió Tío Charley—. La dirección está en la lista que hay sobre el escritorio de la entrada.

—Bien, voy a intentar encontrarla —dijo Robert—. Las demás os quedáis aquí por si vuelve o telefonea. Miraré en la calle, y si no está iré a su casa.

Y también Robert se marchó.

MI PROFESIÓN

Una de las mejores cosas que tiene el ser librera es que nunca podrá sucederte nada que te ponga en apuros.

Nadie se pondrá a chillar y a llorar, y escapará corriendo, y te dejará toda preocupada.

No tienes que cambiarte de ropa delante de otras personas.

Nadie entrará nunca en una librería y se pondrá a hablar de temas como el pelo del pecho.

12

EL día parecía interminable. Obedientemente, Anastasia se probó la ropa que Sarah Silverman había escogido para ella; y pudo ver que, en efecto, le quedaba fantástica, y que le hacía una figura fantástica, y que todos los demás lo estimaban así también. Pero la atmósfera había cambiado.

Después de Anastasia, le llegó la vez a Henry. Anastasia intuía que Sarah Silverman había dejado intencionadamente a Henry para el final porque sabía lo sensacional que sería la transformación. Y lo fue. Aun con la ausencia de Robert y Helen Margaret, y pese a la inquietud y el desconcierto que ello causaba, fue impresionante ver a Henry lucir el vestido a la última moda, de vivo colorido, que Sarah Silverman había traído para ella.

Alta, delgada, resplandeciente, se deslizó Henry con su furtivo y sinuoso andar de pantera por el piso de linóleo de la deslucida estancia, exhibiendo un vestido largo de seda color albaricoque que llegaba hasta el suelo. Bien erguida su barbilla morena, posó un momento con absoluto dominio de sí misma. Luego sonrió. El auditorio quedó en silencio. Un momento antes Sarah Silverman describía, explicaba y daba instrucciones; ahora se había quedado muda. Anastasia decía cuchufletas; ahora no podía hablar, y sentía un escalofrío por la médula. Bambie miraba atónita sin decir nada. Tío Charley había estado yendo y viniendo, haciendo llamadas telefónicas al número de Helen Margaret sin recibir contestación; ahora estaba parado en la puerta, cruzados los brazos sobre su enorme barriga, y miraba sin decir palabra.

Tía Vera se pasaba las manos por los ojos.

—Charley —musitó al fin—, llevaba esperando esto veinte años.

Fue la propia Henry la que deshizo finalmente el embrujo.

—¡Venga ya! —dijo, sonriendo de oreja a oreja—. ¡No han visto *na'* todavía! ¡Aguarden a que haga mi monólogo!

Hasta Bambie se rió.

Pero el resto del día quedó deslucido con la preocupación por Helen Margaret. Tomaron todos un almuerzo de trámite a base de rollos de primavera y arroz frito que trajo Tío Charley del restaurante chino de la acera de enfrente, y le oyeron en sus reiterados y vanos intentos de comunicar con el número de teléfono que tenía anotado en la lista.

—Yo creo —sugirió Bambie— que la chica simplemente se sintió inferior y esto le hizo ponerse nerviosa. Lo sé porque me sentí así una vez, cuando esperaba para actuar en una fiesta, y la chica que me precedía ejecutó un solo de acordeón realmente magistral. Quizá debería usted haber empezado por ella, y de ese modo no habría tenido por qué sentirse inferior a algunas de nosotras que tenemos más experiencia.

Nadie dijo nada. Bambie, supuestamente a régimen para reducir calorías, echó mano a otro rollo de primavera.

—Creo que no debía haber consentido que Robert se marchara así —dijo Tío Charley con voz preocupada—. No me gusta la idea de un chiquillo andando solo y a la ventura por la ciudad.

Pese a la inquietud que sentía, Anastasia se echó a reír.

—Tío Charley —dijo—, no tiene usted que preocuparse por Robert. Hace años que le conozco. Robert Giannini está preparado para absolutamente cualquier emergencia.

—¿Y si se pierde? ¿Crees tú que preguntará para orientarse? Sé que a los chavales de vuestra edad no os gusta pedir ayuda.

—Tío Charley —le tranquilizó Anastasia—, Robert Giannini no es como los demás chavales. Él no tiene inhibiciones. De ningún género.

Sarah Silverman tenía programada una gira por la Sección de Jóvenes de Filene para la clase de después del almuerzo.

—¿Por qué no se adelantan ustedes? —dijo Tía

158

Vera—. Charley y yo permaneceremos aquí por si vuelven Robert y Helen Margaret.

De modo que Henry, Anastasia y Bambie siguieron a Sarah Silverman por las dependencias de Filene, mirando artículos de vestir, charlando con los dependientes y observando a los operarios que vestían los maniquíes en la trastienda.

No bajaron al Sótano, donde todos los precios estaban reducidos.

—¿Es verdad, Sarah —preguntó Anastasia—, que en el Sótano los clientes se prueban la ropa en público, a la vista de todos?

Sarah Silverman ahogó una risita y afirmó con un gesto.

—¿Queréis que bajemos?

—No —dijo Anastasia—. No me interesa la ropa interior, particularmente.

—¿Actúan modelos aquí? —preguntó Henry.

—Los contratamos para las presentaciones de modas —le respondió Sarah.

Henry titubeó. Luego dijo:

—¿Cree usted que quizá alguna vez... quiero decir, después de que haya adquirido más práctica y esas cosas... quizá algún día...?

Sarah Silverman la miró sonriente.

—Henry Peabody —dijo—, tengo tu número de teléfono aquí mismo a mano. Es la cosa más valiosa que poseo por el momento. Puedes estar segura de que tendrás noticias mías.

Cuando el grupo regresó de Filene, Tía Vera y Tío Charley tenían un aire más sosegado y estaban tomando café.

—Ha telefoneado Robert —anunció Tío Charley—. La ha encontrado.

—¿Dónde? ¿Qué ha pasado? ¿Lo ha dicho? —Bambie, Henry y Anastasia hablaban las tres a la vez.

—Eh, más despacio, más despacio. Os contaré lo que sé. Ha dicho que la ha encontrado —no ha dicho dónde— y que está bien. Y que volverán mañana los dos.

—Mañana es nuestro último día, niñas —les recordó Tía Vera.

—¿Último día? ¡Pues sí! —dijo Anastasia.

Había perdido la cuenta del tiempo.

—Y mañana tenemos otra vez la cámara de vídeo. Grabaremos los «después» y los compararemos con los «antes».

—Los míos desde luego mostrarán una mejora —anunció Bambie—. He practicado en casa ese monólogo de Julieta. Y verdaderamente sale mejor si me dejo caer, digamos, desmadejada sobre el respaldo de una silla. Además, fijaos, puedo sostener así el pomo del veneno —alzó dramáticamente un brazo.

Henry suspiró.

Anastasia no estaba del todo segura de que la grabación de su «después» mejorara en mucho la de su «antes». Su nuevo corte de pelo contribuía a ello, debía admitirlo. Tenía un aspecto menos desastrado que antes. Si ponía verdadero empeño, sería capaz de mirar directamente a la cámara y hablar con pronunciación clara. Pero su postura y su andar seguirían siendo los de una jirafa.

Estaba segurísima de que ella nunca jamás sería una modelo. Y no le importaba. Estaba empezando a pensar que podría llegar a ser una librera con el negocio viento en popa.

—Henry —dijo, de camino ya para el lugar donde Anastasia tomaba su autobús y Henry su tren—, aunque odio a Robert Giannini... no, en realidad quiero decir que aunque me importa muy poca cosa Robert Giannini, tengo que admitir que cuando salió en busca de Helen Margaret me impresionó bastante. Los demás nos limitamos a seguir allí sentados sin hacer nada, pero el bueno de Robert, vamos, que fue decisivo. A mí me impresionó.

—A mí también. Me gusta Robert. Es majo —contestó Henry.

Anastasia suspiró.

—Tal vez a mí en realidad me guste un poco, también. Sólo que quisiera que no dijese cosas como «el pelo del pecho».

Henry soltó la carcajada.

—Yo conozco a gente que dice cosas muchísimo peores. «El pelo del pecho», si eso no es *na'*.

—¿Qué dijo que estaba considerando como profesión... la metalurgia? ¿Qué es la metalurgia?

Henry se encogió de hombros.

—Ni idea.

—¿Tú crees que alguien que entra en la metalurgia se hace rico?

Henry fulminó a Anastasia con la mirada.

—Deja ya de contar con un marido rico, Anastasia. Tú vas a hacerte rica por ti misma. Tú y yo, si queremos tener marido, pues estupendo. Pero no los necesitaremos. Igual que nuestras madres. Mi madre podría salir adelante perfectamente de camarera, y tu madre lo mismo de ilustradora. Tienen marido porque quieren tenerlo. Esa Bambie, a lo mejor sí que necesitará un marido. Pero no tú ni yo. ¿Lo entiendes?

Anastasia se echó a reír.

—Vale. Entendido —y a continuación añadió—: La verdad es que me lo pasé bien anoche en tu casa. Espero que me vuelvas a invitar. No te olvidarás de mí después de terminado el curso, ¿eh?

—¡Venga ya! ¿Cómo me voy a olvidar de la que ha sido mi mejor amiga durante toda una semana? Y tengo tu número de teléfono.

Anastasia hizo un gesto afirmativo.

—¡Y yo no te olvidaré a ti, tenlo por cierto! Probablemente te veré en portadas de revistas ilustradas y todo eso, cuando seas una modelo famosa. Pero te llamaré la semana que viene, antes de que alcances la fama.

—Eso —dijo Henry como la cosa más natural del mundo—. Probablemente estaré en... ¿cómo se llama? *Vogue*. Tú dame un año o dos para organizarme un plan de acción, y luego estaré en *Vogue*.

—Pero no olvides la universidad. Prométeme que irás a la universidad.

—Calla, mujer, para eso todavía faltan cien años —rió Henry—. Para entonces ya habré perdido el atractivo, de todos modos.

Un hombre que estaba recostado en la pared cerca de la parada del autobús miró a Henry de arriba abajo al pasar por su lado las muchachas. Luego emitió un largo silbido de admiración.

Henry se revolvió y le fulminó con la mirada.

—Anda y que te zurzan, pavo —dijo.

Cansinamente sentada en el autobús durante su viaje de vuelta a casa, Anastasia pensaba en lo que Henry había dicho al hombre. Decir eso era un acto de afirmación propia tan contundente. *Flagrante* es lo que era. ¡Flagrante!

Cómo quisiera Anastasia ser capaz de decir cosas así. No es que no pudiera articular las palabras. Qué caramba, las palabras eran fáciles. «Anda.» «Y.» «Que.» «Te.» «Zurzan.» «Pavo». Cada una de por sí era una palabra que ella había dicho un millón de veces. Pero de alguna manera, todas juntas, con la inflexión adecuada —y mirando a la persona directamente a los ojos, como había hecho Henry—, bueno, entonces la cosa adquiría un matiz totalmente nuevo. «Anda y que te zurzan, pavo», murmuró para sí misma, ejercitándose. Ahí estaba. Lo había dicho como había que decirlo: despectivamente, contundentemente, flagrantemente.

Ahora, si la ocasión se presentara... Si alguien fuese grosero con ella, como aquel hombre lo había sido con Henry... No cabía duda que ocurriría. La gente era poco cortés con Anastasia siempre y a todas horas.

Como la semana pasada sin ir más lejos su propio padre se había mostrado grosero con ella. La había acusado en falso de enredar con sus preciosos discos de Billie Holiday. Y no había sido ella, sino su hermano Sam, el culpable.

Anastasia se representó la escena. Su padre había vociferado: «Anastasia Krupnik, te he dicho un millón de veces que no pongas tus dedazos en mis discos de Billie Holiday, ¡y nunca me haces caso!»

Se imaginaba a sí misma mirando a su padre derecho a los ojos y diciendo: «Anda y que te zurzan, pavo.»

¡Tate! No, esa no era la ocasión oportuna. Una no podía decir eso a su padre, por muy violento que se mostrase.

Bien, pero ¿y aquella otra vez, la semana pasada también, cuando hablaba en voz baja con Sonya acerca de fotos desnuda, y el señor Earnshaw la había avergonzado delante de toda la sala de estudio, diciendo: «Quiero verte después de la clase... completamente vestida», con aquel tono sarcástico?

Se representó a sí misma dirigiéndose con paso firme a la mesa del señor Earnshaw, mirándole directamente a los ojos y diciendo: «Anda y que te zurzan, pavo.»

Le acobardaba pensarlo. No. Tampoco era esa la ocasión adecuada.

El autobús se detuvo en la esquina de Anastasia.

—Venga, más vivos —dijo el conductor de malas maneras a los dos chicos que salían delante de Anastasia. A uno de ellos se le había caído un paquete y trataba de recogerlo—. No dispongo de todo el día.

Bien, eso era ser poco cortés, sin duda. «Si a mí me dice algo así —pensó Anastasia—, la ocasión será pintiparada.»

Avanzó hacia la puerta del autobús. Al borde ya de los escalones, dio un tropezón. Se agarró a la barra para afianzarse.

—Vamos, vamos —gruñó el conductor del autobús—. Dejemos esa escenita para la calle, hermana.

Anastasia se volvió y le miró directamente a los ojos.

—Lo siento mucho, señor —murmuró.

Todavía estaba rabiosa consigo misma cuando llegó a casa. No saludó a sus padres ni a su hermano. Tiró de malos modos la chaqueta en el vestíbulo de atrás y subió las escaleras hasta su dormitorio pisando con estrépito.

«Mequetrefe apocada», se dijo a sí misma, y se desplomó en el lecho.

Desde el interior de su pecera, *Frank* pez dorado la miraba con sus ojos saltones. Fantástico: se le había olvidado echarle de comer esa mañana. Anastasia suspiró y dejó caer en la pecera un poco de comida para peces. *Frank* subió a escape a la superficie y la engulló con avidez. Luego se vino al costado de la pecera y se puso a mirarla. Abría y cerraba la boca. Probablemente le pedía una segunda ración.

Anastasia le miró directamente a los ojos.

—Anda y que te zurzan, pavo —dijo.

Bueno, eso le hizo sentirse bien.

Anastasia Krupnik

MI PROFESIÓN

Una de las cosas que encuentro más atrayentes en mi profesión, dueña de librería, es que puedes ejercerla sentada la mayor parte del tiempo. Desde tu posición sentada, puedes alcanzar al teléfono o a la caja registradora o incluso a la estantería para sacar un libro si no está arriba en un estante alto.

Por consiguiente, dueña de librería es una profesión muy conveniente para personas que tienen unos andares más bien sin garbo.

En algunas ocasiones tendrás que abandonar la posición sentada para hacerte valer en un acto de afirmación personal, como en el caso de que alguien pretenda devolver un libro con manchas de café y tú quieras decir cuatro palabritas sin contemplaciones a quien sea. Pero puedes simplemente permanecer de pie mirándole a los ojos mientras las pronuncias con absoluta claridad. No tienes por qué moverte con graciosos andares por el recinto ni nada de eso. Luego puedes volver a sentarte y verlos escabullirse avergonzados de sí mismos.

13

Y vamos a ver, ¿qué más? ¿Qué he sacado de esta semana? Bien, he sacado un corte de pelo fenomenal —decía Anastasia, mirando fijo a la cámara. No estaba tan nerviosa como el lunes, ni mucho menos.

»Y he recibido orientación sobre cómo vestirme, aunque no puedo permitirme comprar esos vestidos.

»Y me he divertido cantidad —añadió con una cara muy risueña,

»Y por último, pero quizá lo más importante de todo, he hecho algunas amistades nuevas. Especialmente mi amiga Henry Peabody —Anastasia seguía mirando fijo a la cámara, pero por el rabillo del ojo pudo ver la seña que Henry Peabody le hacía con los pulgares.

—Y para terminar. Muchas gracias.

Tío Charley paró la cámara y le respondió con un gesto de aprobación.

—Muy bien —dijo.

Anastasia volvió a su asiento y echó una mirada en derredor. Ella había sido la tercera. Bambie, como de costumbre, había dicho: «¡Yo primero!» Bambie no había querido hacer lo convenido para todos: hablar de lo que habían obtenido del curso. Había insistido en volver a hacer su tedioso monólogo de Julieta. Luego, cuando Tío Charley mostró el «antes» y el «después» de Bambie, todos habían reído. Bambie no había cambiado nada en absoluto. Seguía pareciendo exactamente la misma; su monólogo había sido exactamente igual, con los mismos gestos estúpidos en los mismos sitios.

Pero eso a Bambie no le importaba. Ella creía que era ya fenomenal *antes*. Y estaba convencida de seguirlo siendo *después*.

Luego le había tocado a Henry. Ésta se plantó ante la cámara con perfecta confianza en sí misma y habló de sus esperanzas de hacer carrera como modelo. El aspecto de Henry no constituyó ya una sorpresa tan colosal como en el primer momento, aunque aún dejaba al grupo sumido en un silencio reverente. Pero ahora se presentaba más natural, más animada y más segura. Sólo había sido una semana, recapacitó Anastasia con asombro. Probablemente eran los 119 dólares mejor gastados por Henry en toda su vida.

Al final de sus palabras, después de decir: «Quisiera dar las gracias a todos los presentes que me han ayudado a ver que puedo tener éxito», Henry no pudo resistir la tentación de añadir, con un marcado guiño de ojo: «y hacerme rica».

169

Todos aplaudieron.

Robert Giannini y Helen Margaret habían vuelto. Estaban sentados uno junto a otro, y Robert había anunciado que pasarían ante la cámara los últimos. Helen Margaret no había hablado con nadie, pero tenía un aspecto mucho más sosegado que la víspera.

—¿Robert? ¿Estás listo? —inquirió Tío Charley, y Robert afirmó con la cabeza.

Dejó su cartera recostada en la silla y fue a situarse delante de la cámara.

—¿Me tiene enfocado? ¿Empiezo ya? —preguntó.

—Adelante —dijo Tío Charley.

Robert se aclaró la garganta.

—Yo he sacado muchísimo de esta semana —dijo—. En primer lugar, mi nuevo corte de pelo, creo yo, me da un aspecto más maduro.

«¿Maduro? ¡por la otra punta! —pensó Anastasia—. Pero ¡bueno!, así es el amiguito Robert. Si él piensa que tiene aspecto maduro, ¡al diablo con todo!»

—Y también he hecho nuevas amistades. A Anastasia Krupnik la conocía de hace ya tiempo, pero he tenido mucho gusto en conocer a Bambie y a Henry, y les deseo a las dos un brillante porvenir.

«Rollo, rollo, rollo, ROLLO», pensó Anastasia.

—Y muy especialmente —prosiguió Robert—, he tenido ocasión de conocer a Helen Margaret Howell, una persona especialísima. Ella y yo pasamos ayer la tarde juntos, y nos gustaría hablaros de ello también juntos.

Henry dio con el codo a Anastasia, y las dos vieron, sorprendidas, cómo se levantaba Helen Margaret e iba a situarse de pie al lado de Robert.

—Helen Margaret, cariño —dijo Tía Vera—, no tienes que hacer la grabación en vídeo si no quieres.

—Sí quiero —respondió Helen Margaret con voz tímida.

Robert se aclaró de nuevo la garganta.

—Cuando salí ayer a buscarla, finalmente pude vislumbrar la figura de Helen Margaret, caminando por el Common.

—Corriendo —musitó Helen Margaret—. Iba corriendo.

—Bueno, sí, en realidad iba corriendo. Pero yo la vi y la seguí por la Avenida de la Commonwealth abajo. Ella no me vio a mí.

—Yo iba llorando —dijo Helen Margaret—. No veía nada, porque iba llorando.

Robert asintió con la cabeza.

—La seguí por la Avenida de la Commonwealth hasta que entró en un edificio. Yo sabía que no vivía allí porque su dirección era Somerville...

—Vivo en Somerville con mi tía y mi tío —dijo Helen Margaret.

—Entré en el edificio detrás de ella —prosiguió Robert—, y la vi entrar en la consulta de un médico. Era un psiq... —miró a la chica, que continuaba a su lado—. ¿Te importa que les cuente eso?

Helen Margaret sonrió.

—Yo se lo contaré —dijo con su voz recatada y suave—. Era la consulta de mi psiquiatra.

Interrumpió Tía Vera:

—Chicos, la verdad es que no tenemos por qué entrar aquí en historias de esa índole. Me alegro de que Helen Margaret esté bien, y punto. La cinta ya es bastante larga. Gracias, Robert y Hel...

—¡No, espere! —dijo Robert con enojo—. Déjenos terminar. Ese es el inconveniente: a los seres humanos les embaraza oír los problemas de otros seres humanos y por eso no quieren saber nada de ellos. Y entonces, si uno no tiene a nadie a quien hablar del asunto, porque nadie le quiere escuchar... pues los problemas se quedan ahí. Para eso está el psiquiatra... para escuchar los problemas de la gente.

—Lo siento, Robert —dijo Tía Vera con voz queda—. Continuad. Escuchamos.

—Pues bien, yo lo sé de primera mano porque cuando era más pequeño fui a un psiquiatra yo mismo. Me llevaron mis padres porque era de esos niños que mojan la cama.

«Oh, no», pensó Anastasia. Bajó la vista al suelo. Le aliviaba una barbaridad que hubiera vuelto Helen Margaret y que, al parecer, se encontrara perfectamente, y agradecía muchísimo a Robert que hubiese ayudado a Helen Margaret a recobrarse del contratiempo de la víspera, pero lo último que hubiera querido saber en el mundo era que Robert Giannini fuera de esos niños que mojan la cama, ¡por el amor de Dios! ¡Vaya bochorno!

Echó una mirada a Henry a fin de intercambiar con ella algún gesto, pero Henry tenía la vista puesta en Robert, escuchando con atención.

Miró entonces a Bambie. Pero también Bambie estaba mirando a Robert y escuchaba con gesto de comprensión.

Nadie parecía sentirse turbado. Todos parecían

compenetrados con la situación. Probablemente todos ellos habían tenido problemas en algún momento, y nadie a quien hablar del asunto. Anastasia sabía que ella los tuvo, desde luego.

De manera que clavó la vista en Robert y escuchó. Procuró sentir simpatía en lugar de vergüenza. Y al cabo de un momento, la vergüenza había desaparecido.

—De todos modos —decía el muchacho—, eso sucedió hace ya mucho tiempo, y en la actualidad no tengo ya ese problema. Pero recuerdo lo que sentía cuando otros niños se reían de mí, y no tenía a nadie a quien hablar del asunto.

»De manera que esperé casi una hora mientras Helen Margaret estaba en la consulta del doctor. Y allí continuaba cuando salió. Para entonces me estaba quedando helado, porque sólo llevaba mi chaqueta Harris de paño. Recordaréis que ayer llevaba mi chaqueta Harris de paño con aberturas a los lados, y estaba sentado en escalones de cemento, y la chaqueta no me cubría el trasero...

Oh, no. Justo cuando Anastasia había conseguido superar sus sentimientos de vergüenza, Robert Giannini iba y decía «trasero».

Helen Margaret soltó unas risitas contenidas. Dio un achuchoncito a Robert.

—Olvida eso, Robert. Estás empezando a hacer el indio. Ve derecho al grano. O déjame que cuente yo el resto.

Robert pareció un poco agraviado por espacio de un segundo. Luego también él ahogó una risita.

—Está bien —dijo—; sigue tú.

Helen Margaret hizo una inspiración profunda.

—La razón de que viva con mi tía y mi tío es que mis padres han muerto —dijo.

Miraba directamente a la cámara y hablaba serena y pausadamente.

—Antes vivía en Wisconsin —prosiguió—. El otoño pasado hubo un incendio en nuestra casa. Mis padres perdieron la vida en él.

Tía Vera se quedó boquiabierta.

—Oh, pobrecita mía, cuánto lo siento —dijo—. No hace falta que sigas.

—No, no se preocupe. Quiero seguir —dijo Helen Margaret con firmeza.

Anastasia observó que estaba aferrada a la mano de Robert, pero su voz era muy firme.

—Los dos murieron en el incendio, junto con mi hermano. Y yo sufrí quemaduras graves. Estuve internada en un hospital especial, aquí en Boston, hasta el mes pasado.

»Y ahora ya estoy bien del todo. Se lo conté todo a Robert ayer, sentados en los escalones del edificio donde tiene la consulta mi médico...

—Helándonos —añadió Robert.

—Sí, helándonos. Por último fuimos a Brigham's y pedimos chocolate caliente. Y allí terminé de referirle todo lo demás. Aunque ahora ya me encuentro restablecida, todavía tengo muchas cicatrices. No en la cara.

Sonrió tímidamente a la cámara. Anastasia reparó una vez más en lo perfecta que era su tez clara y en la dulzura de su sonrisa.

—Pero en los brazos, el pecho y la espalda sufrí

quemaduras terribles. Los médicos tuvieron que hacerme injertos de piel. Así que tengo cicatrices. Me va a llevar mucho tiempo acostumbrarme a ello. Pero me figuro que no tendré más remedio, porque van a estar siempre ahí.

»Nunca se las he dejado ver a nadie, excepto a los médicos, claro. Siempre llevo prendas de manga larga para que no se me vean.

»El psiquiatra estimó que sería una buena idea seguir este curso, que ayudaría a devolverme la confianza en mí misma. Y lo llevaba muy bien, creo yo. La verdad es que me gustó mi corte de pelo, el martes. Y lo de andar... bueno, fue un poco tonto, me pareció a mí, pero lo cierto es que no vi ningún inconveniente en intentar andar como una cierva.

»Pero ayer... bueno, siento muchísimo lo de ayer. Cuando entré en el tocador, y Tía Vera hizo intención de desabotonarme el jersey, debía haberle explicado, pero... no sé... no pude. Me pasó algo raro.

—Yo sé exactamente lo que sentiste —dijo Bambie Browne—. A mí me ocurrió lo mismo en una ocasión, estando en aquel certamen de belleza, creo que para la elección de Miss Sidra Junior, y alguien derramó pepsi sobre mi vestido hecho especialmente para aquella ocasión...

Todos soltaron la carcajada.

—Pues yo no le veo la gracia —dijo Bambie, malhumorada.

«Anda y que te zurzan, pava», pensó Anastasia. Pero no lo dijo.

—Como quiera que sea —prosiguió Helen Margaret—, siento mucho el trastorno que causé a todo el mundo. Me encuentro perfectamente, sí. Pero no estoy dispuesta a probarme ese vestido, con el escote y la manga corta. A lo mejor algún día... Pero todavía no.

—¡Maldita sea! —exclamó de pronto Tío Charley—. Se me ha agotado la cinta.

—Qué lástima —dijo Helen Margaret—. No he tenido ocasión de decir lo que he obtenido del curso.

Tía Vera se acercó a ella y la abrazó.

—Sí, ya lo creo que lo has dicho, hija mía. Deberíamos pagarte nosotros a ti, por enseñarnos.

Luego, con una sonrisa, añadió:

—Pero no se te ocurra pedir que te devolvamos tu dinero. Ya se ha ido en pagar el recibo del suministro eléctrico.

—Siento molestarla en su trabajo —dijo Anastasia por teléfono. Estaba en la cabina telefónica que había frente a McDonald.

Barbara Page se echó a reír.

—No importa. En la tienda no hay nadie más que yo. Estoy leyendo la última novela de Updike.

—Bueno, la llamo porque quería darle las gracias por los libros que nos regaló a Henry y a mí. Y también porque sigo sin haber hecho la entrevista, y estoy en ascuas porque tengo que redactar mi trabajo este fin de semana sin falta, y hasta ahora he escrito ya doce comienzos distintos y ninguno de ellos vale gran cosa. Así que ¿puedo hacerle unas cuantas preguntas?

—Por supuesto. Adelante.

Anastasia consultó la lista de preguntas abiertas que había preparado la noche anterior.

—En su opinión, ¿qué clase de persona es la más idónea para ser dueña de una librería?

—Una persona que ame los libros —respondió Barbara Page.

—Exacto. Ya lo suponía. ¿Pero no cree usted, también, que deberá ser una persona que guste del trato con la gente, y una persona que sepa organizarse y sea resuelta y tenga buena cabeza para llevar el negocio?

—Desde luego —dijo Barbara Page.

—Estupendo. Vamos a ver, segunda pregunta: ¿qué clase de capacitación y experiencia necesita una dueña de librería en ciernes?

—Caramba, la verdad es que nunca había pensado en eso. Cuando yo decidí ser librera, montaba bastante bien a caballo y sabía tocar el violonchelo.

—Pero acaso viniera bien un título universitario, en letras acaso, y también algunos estudios de contabilidad, y además, trabajar de dependiente en una librería durante los veranos. Y quizá, incluso, un curso de modelo, a fin de desarrollar confianza en uno mismo, aplomo, y un cierto sentido de la elegancia.

—Sí, claro. Me parece muy bien —dijo Barbara Page—. Yo que tú hasta me iniciaría en el violonchelo.

—Perfecto. Ahora esta otra: ¿cuáles son los inconvenientes de ser dueña de una librería?

—No los hay. No tiene ninguno en absoluto.

—Bien, ¿no cree usted que acaso llegue a ser un problema el tener que pasar largas horas en la tienda, sin nadie más algunas veces?

—Pero se aprovecha para leer —indicó Barbara Page.

Anastasia lo pensó, y luego dijo:

—Luego eso es una ventaja, no un inconveniente. Perfecto. Lo anoto: no existen inconvenientes. Y la pregunta que viene después es ¿cuáles son las ventajas? Pero ya ha contestado usted a eso. ¿Hay otras ventajas?

Barbara Page se echó a reír.

—Piensa no más en toda la gente interesante que me permite conocer. Henry y tú, por ejemplo. Nunca os habría conocido si no hubiera sido librera. O tu padre. O los notables de la ciudad, o los niños de la escuela infantil, o el anciano señor Cook de más arriba de esta calle, que tiene noventa y tres años y le gusta leer libros sobre alpinismo, o el que me telefonea a cobro revertido desde la cárcel del Estado y habla conmigo de libros porque soy la única persona que tiene con quien poder hablar de libros...

—¿Y llama a cobro revertido?

—A mí no me importa.

—Bueno, me figuro que será un caso especial. No tengo más preguntas, Barbara. Muchas gracias. Ahora ya puedo redactar mi ejercicio. En realidad estoy deseando ya ponerme a escribirlo. Pero tengo que hacer una confesión.

—¿Una confesión sincera, expresa y sensacionalista? Al señor Van Gilder de Pinckney Street le encantaría leerla.

Anastasia no pudo reprimir unas risitas.

—No. Se trata únicamente de que cuando empecé esta semana, en realidad no quería de veras llegar a ser dueña de librería. Le dije a papá que sí que quería sólo para que me dejase venir a Boston a seguir el curso de modelo. Pero ahora, ¿sabe lo que le digo? Después de haberla conocido a usted y de pensármelo bien, me parece que sí quiero. Creo que algún día podría llegar a ser librera, dueña de un establecimiento próspero. Entiéndame, no quiero pecar de desconsiderada ni nada de eso, ¡pero apuesto que hasta sería capaz de vender libros!

—Estoy segura de que sí. Eres la primera persona que ha logrado vender un libro de poesía de tu padre en tres meses.

Anastasia escudriñó el lado opuesto de la acera, a través de la cabina telefónica.

—Oh, Barbara —dijo—, tengo que irme, porque ya está Henry en McDonald... Está mirándome, con su coca-cola en alto, y haciendo cosas raras.

—¿Cosas raras? ¿Qué quieres decir?

—Bueno, no estoy segura. Tiene el vaso de cocacola levantado en alto y hace unos gestos como si fuera veneno o algo así... ¡Oh, no! —Anastasia soltó la carcajada—. ¡Está haciendo una escena de *Romeo y Julieta*!

—Ya lo tengo —anunció Anastasia a sus padres el domingo por la tarde—. Ya he redactado mi trabajo para el colegio. «Mi profesión.» Y estoy segura de que sacaré la nota máxima. Pero todavía tengo un problema.

—¿Qué problema? —preguntó su padre, alzando la vista del crucigrama del *New York Times*.

—No sé qué nombre dar a mi librería. Barbara Page fue de lo más afortunada, porque tenía precisamente el apellido adecuado. ¿Pero *Krupnik*? ¿Cómo voy a llamar *Krupnik* a una librería?

—Barbara Page tiene el apellido por su matrimonio —indicó el doctor Krupnik—. Ella no empezó con el apellido Page.

—Sí, ya lo sé. Pero si decido casarme cuando sea mayor, ya tengo una lista muy larga de cosas que requerir en un marido, y...

—¿Ah, sí? —su madre alzó la vista de su sección de periódico, con interés—. ¿Y qué cosas son ésas?

—Sentido del humor. Alto. No alérgico a los perros —Anastasia lanzó una mirada fulminante a su padre, que era alérgico a los perros, aunque ella sabía que no era culpa suya—. Cosas así. Pero ahora tengo que añadir: apellido apropiado para una librería. Y no se me ocurre ninguno, puesto que Page ya está registrado.

—Dios santísimo —dijo la señora Krupnik, bajando de nuevo la vista al periódico—, sí que es un problema. Podrías tener que pasarte todos tus años de jovencita en busca de alguien que se llame Harold Volumen y no sea alérgico a los perros, y luego persuadirle para que se case contigo a fin de poder llamar «Volúmenes» a tu establecimiento.

—Yo conocí una vez a un individuo en el ejército que se llamaba Ralph Tramma —dijo el doctor Krupnik—. ¿Serviría eso? Era con dos emes, pero supongo que se le podía quitar una y llamar tu librería «Tramas». O si no, podrías vender tejidos.

Anastasia torció el gesto.

—No me tomáis en serio. ¿Puedo usar tu máquina de escribir, papá? Quiero pasar a máquina mi trabajo.

Asintió él con la cabeza, y Anastasia se dirigió al despacho. Tras ella, aún pudo oír murmurar a su madre:

180

—En mi clase de la escuela de arte, Myron, había una chica que se llamaba Librada. Como lo oyes. Alexandra Librada. Me pregunto si habría sido ése un nombre apropiado para una libre...

Anastasia cerró la puerta del despacho. Se sentó al amplio escritorio de su padre y paseó la mirada por la estancia: su predilecta, con mucho, entre todas las de la casa. Las paredes estaban totalmente revestidas de estanterías, y las estanterías repletas de libros. Hallábase, pues, rodeada de libros, y no sólo de libros, sino de páginas, frases, párrafos, tramas, incisos, períodos, poemas, gráficos, incunables, colecciones con tapas de lujo, ediciones en rústica, carpetas...

Suspiró. Era un suspiro de alivio, no de apuro. Tenía tiempo de sobra, y terminaría por encontrar algún día el nombre apropiado para su establecimiento. Por ahora, bastaba con haber pasado una semana formidable y haber escrito un formidable ejercicio. Cuidadosamente, introdujo una hoja de papel en la máquina de escribir y comenzó a mecanografiar el título:

Mmi PrroXFes 1OOn

«Tal vez —pensó Anastasia melancólicamente, mientras hacía un burruño la hoja de papel e introducía otra en la máquina de escribir—, no debiera haber pasado la semana haciendo el curso de modelo. Tal vez hubiera sido mejor seguir un curso de mecanografía.»